이다의 자연 관찰 일기

이다의 자연 관찰 일기

초판 1쇄 발행 2023년 6월 5일
초판 4쇄 발행 2024년 4월 20일

지은이　이다
펴낸이　조미현

책임편집　김호주
디자인　정은영

펴낸곳　㈜현암사
등록　1951년 12월 24일 · 제10-126호
주소　04029 서울시 마포구 동교로12안길 35
전화　02-365-5051
팩스　02-313-2729
전자우편　editor@hyeonamsa.com
홈페이지　www.hyeonamsa.com

ISBN 978-89-323-2308-4 03810

이다 지음

이다의 자연 관찰 일기

일러스트레이터 이다와 함께 걷는 도시의 열두 달

ⓗ현암사

차례

봄에서 여름으로

여름에서 가을로

가을에서 다시 겨울로

일러두기

※ 맞춤법은 국립국어원의 표준어 맞춤법에 따랐다. 그러나 작가 특유의 말투를 살리기 위해 일부 단어들은 표준어와 다르게 표기하기도 했다.

※ 본문은 대부분 하루에 하나의 에피소드로 구성되어 있으나, 종종 하루에 두 가지 에피소드인 경우도 있다. 이 경우에는 같은 날짜를 두 번 표시하였다.

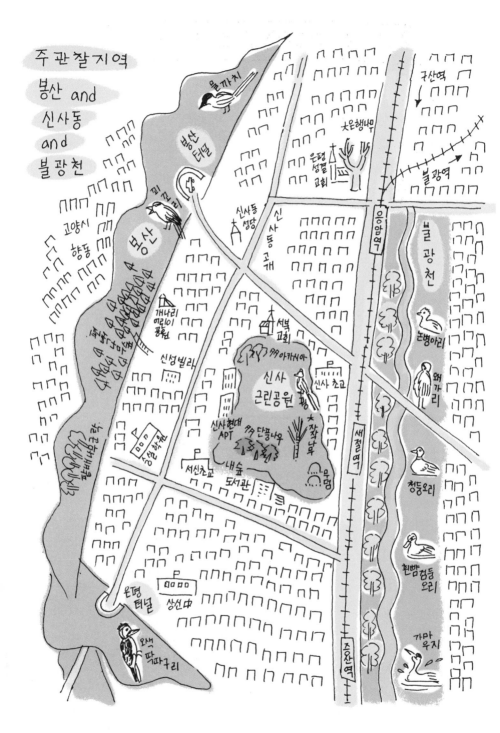

나는 왜 자연관찰일기를 쓰게 되었나

2020년 9월,
나는 2년간 운영하던
스튜디오의 문을 닫았다.

> 이 집
> 예뻤는데…

> 월세 80만원은
> 안 예뻤지

코로나 19로 워크샵을 못 하게 되면서
수익이 거의 없어졌기 때문이다.

새로 이사한 집은
서울 은평구의
한 빌라였다.

칙칙~

오래 되어
외관이 구질구질 하고
전보다 평수도 작았다.
(베란다만 겁나 큼)

> 스튜디오…
> 그립다… ○○○

참참

알 수 없는
거대한
바위벽
↓

심지어 언덕 위에 있는
엘리베이터 없는 4층.
(실질적 24층)

살려줘...

집정리도 엄두가 안 나
한동안 시무룩했다.

산더미같이 쌓인 짐

나가기도
싫다

그러던 어느 날.

아니, 무슨
소리지?

께께께께께 ─

께께께께께 ─

이상한 소리가 들려
베란다로 나가보니

께께께께께 ─

께께께께께 ─

생전 처음 보는 새떼가 베란다 앞 바위벽에서 신나게 놀고 있는 것이 아닌가!

대박! ... 뭐지, 저 새는?!

🔍 검은 머리, 파란 날개

🔍 꼬리 긴 새

내가 처음 본 물까치였다.

＊물까치 : 까마귀과의 텃새로. 까치와 닮았지만 까치보다 작다. 떼로 다니는 게 특징

그 날부터
은평구 집의 단점은
장점으로 변했다.

언덕 위에
있음
↓
전망 좋음

칙칙한
바위벽
↓
자연의 보고

교통
불편함
↓
사람 적음

외짐
↓
자연 풍부

카페는
비말천국,

서점은 사람
득실득실,

식당도
위험하고.

사람 많은 곳은 전부
감염지대인 때에
자연은 유일하게
안전한 곳이었다

그렇게 나는 코로나 시국 동안 일시적인 자연인이 되었다.
카페에 갈 수 없어도 큰 쇼핑몰에 갈 수 없어도 자연에는 언제나 볼 것이 있었다.

불광천 오리들은
영화보다 재밌었고,
봉산 전망대에서 마시는 커피는
삼청동 블루보틀보다 나았다.

그래, 갈 곳은
자연이었어!

(게다가 사람 없을 땐 마스크도 벗을 수 있고...)

무엇보다 모든 기념품이 공짜였다.
압화를 만들면 좋을 작은 잡초와 낙엽,
바위 사이에 떨어진 깃털은 언제나 있었다.

공원에 떨어진
살구를 주워
살구잼을 만들고,

가지치기 당한
편백나무 가지를 모아
크리스마스 리스도
만들었다.

자연을 보고 기뻐하고 즐거워하는 것은 돈이 들지 않았고
의외로 많은 시간이 들지도 않았다.

아니, 아직 세상에 공짜로
할 수 있는 것이 남아있다니?

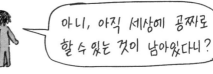

2022년부터는 매일
자연관찰일기를 쓰기 시작했다.

기록을 해보니 자연이 매일
달라지는 것이 눈에 보였다.

봄은 생각보다 길었고 🌸 여름은 매일 뜨겁지 않았다. ☀

🍃 가을은 예상보다 일찍 징조를 보였고 ° 겨울은 늘 얼어있지 않았다.

나를 둘러싼 자연은 작은 것이라도 늘 의미가 있다는 것을 알았다.

자연에 집중하면 그어떤 근심도 잠시 괜찮았다. 잠시라도.

그리고 돌아와 본 것을 기록하면
하루가 허망하게 지난 것 같지 않아
좋았다.

"지켜보고 있다."

" 나는 지금 이 세상과 시간의 흐름을 놓치고 있지 않다."

이런 기분을 처음으로 들게 해준 자연관찰 일기를
이젠 책으로 사람들과 공유할 수 있게 되었다.

나의 이 새로운 습관이
쭈욱 이어지기를.

그리고 책을 읽는
당신에게도 전해지기를

17

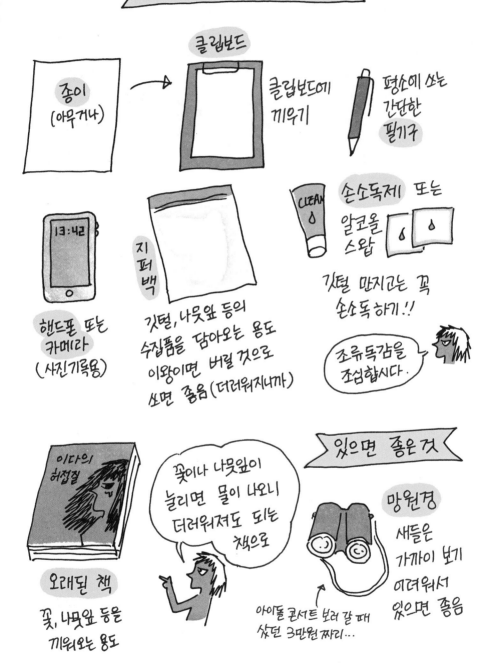

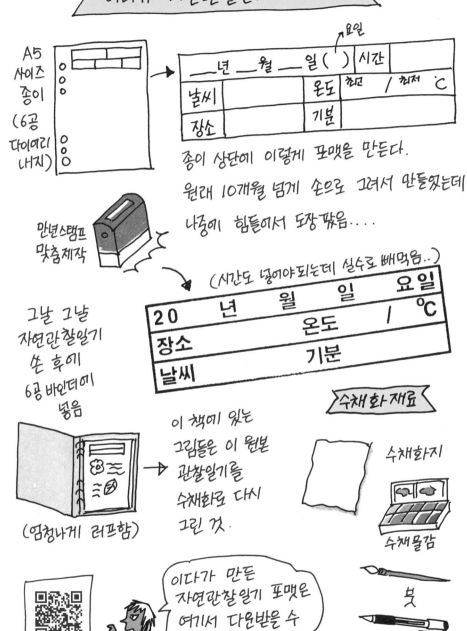

이다가 자연관찰일기 쓰는 방법

A5 사이즈 종이 (6공 다이어리 내지)

___년 ___월 ___일 ( )	시간		
날씨		온도	최고 / 최저 ℃
장소		기분	

요일

종이 상단에 이렇게 포맷을 만든다.

원래 10개월 넘게 손으로 그려서 만들었는데

나중에 힘들어서 도장 팠음....

만년스탬프 맞춤제작

(시간도 넣어야되는데 실수로 빼먹음..)

20 년 월 일 요일		/ ℃
장소	온도	
날씨	기분	

그날 그날 자연관찰일기 쓴 후에 6공 바인더에 넣음

(엄청나게 러프함)

이 책에 있는 그림들은 이 원본 관찰일기를 수채화로 다시 그린 것.

수채화 재료

수채화지

수채물감

이다가 만든 자연관찰일기 포맷은 여기서 다운받을 수 있다.

붓

유니볼 시그노 0.38

1월

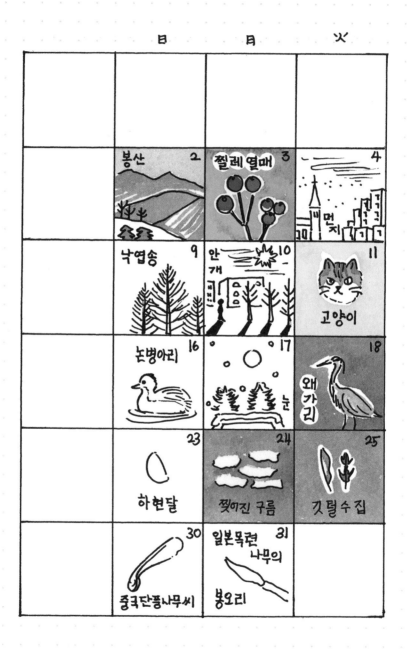

日	月	火
봉산 2	찔레 열매 3	먼지 4
낙엽송 9	안개 10	고양이 11
논병아리 16	눈 17	왜가리 18
하현달 23	찢어진 구름 24	깃털 수집 25
중국단풍나무씨 30	일본목련 나무의 봉오리 31	

January

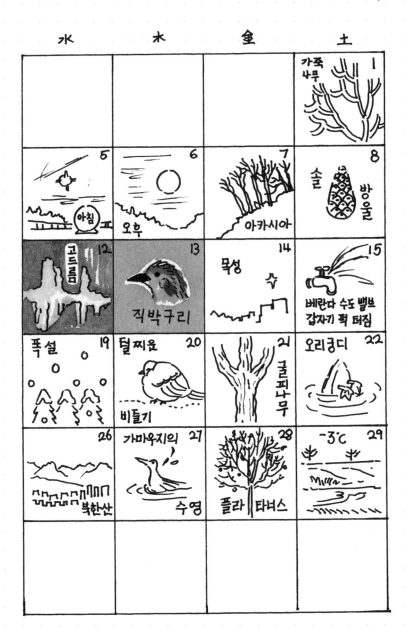

水	木	金	土
			가죽 나무 1
5 아침	6 오후	7 아카시아	솔 8 방울
고드름 12	13 직박구리	목성 14	15 베란다 수도 뱉브 갑자기 뻑 터짐
폭설 19	털찌옴 20 비둘기	굴피나무 21	오리궁디 22
26 북한산	가마우지의 27 수영	28 플라타너스	-3℃ 29

0102
봉산

올해 첫 자연 관찰 일기

1월 2일이다. 어제 해돋이를 보려고 했지만 실패했다. 1월 1일에 바깥에 나가 해돋이를 보기 위해서는 엄청난 열정이 있어야 한다.

집 근처에 있는 봉산에 갔다. 봉산은 은평구와 고양시 사이에 있는 작은 산이다. 은평구엔 전국구 유명산인 북한산이 있지만 왠지 엄두가 나지 않아 동네 뒷산인 봉산만 깔짝거리며 돌아다니고 있다.

언덕을 올라가면 은평구의 자랑 편백나무 숲이 나온다. 편백은 원래 남쪽에서 자라는 나무라 서울에서 살기 어렵다고 한다. 서울시 여러 곳에 편백나무를 심었지만 살아남은 곳이 봉산뿐이라나?(이때부터 서울시에서 예산을 많이 줬다고 한다.) 나무 그루터기들이 군데군데 보이는 것으로 보아 원래 살던 나무들이 있었던 것 같은데 그들은 어디로 갔을까?

어느 정도 고지에 이르자 어둡던 주변이 환해진다. 어린 편백나무들이 듬성듬성 빛을 받고 서 있다. 봉산의 다른 나무들에 비하면 편백나무들은 아직 몸집이 작고 여리다. 그래서 숲속에 있어도 주변이 다 보인다. 흔히 숲에서는 나무들이 지붕을 만들어 그늘을 드리우는데, 여기는 산인데도 들녘을 거니는 듯한 기분이 든다.

10분도 걸리지 않아 정상에 오르니 멀리 백련산 너머 서울 타워가 보인다. 한강 쪽으로 눈을 돌리자 햇빛을 받아 빛나는 63빌

딩과 빨간 선을 양쪽으로 달고 있는 파크원 타워도 나타난다. 그 너머로 관악산까지 보이는 걸 보니 오늘은 정말 맑은 날이다. 정상 전망대에 이르자 나 같은 심정으로 꾸역꾸역 나온 사람들이 잔뜩 있었다. 신경 안 쓰는 쿨한 사람처럼 굴고 싶지만, 역시 새해는 새해다.

올해부터는 자연 관찰 일기를 써보려고 한다. 3년 전부터 계속한다 한다 말만 하고 못 했는데 이번엔 진짜 해보려고 노트까지 마련했다. 자연 관찰 일기는 매일 산책을 하며 달라지는 자연을 그림으로 그리고 기록하는 것이다. "오늘 바깥세계에서는 무슨 일이 일어나고 있는가?"*라는 궁금증을 가지고 밖으로 나가면 된다. 궁금증이라면 그 누구에게도 지지 않는다. 아니, 너무 많아서 탈이다. 이런 것이 장점이 될 수 있다니. 1년 동안 내 주변의 세상이 어떻게 달라지는지 샅샅이 관찰해 줄 테다.

새해.. 뭐 별로 신경 안씀..

두근 두근

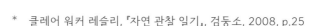

* 클레어 워커 레슬리, 『자연 관찰 일기』, 검둥소, 2008, p.25

찔레 열매

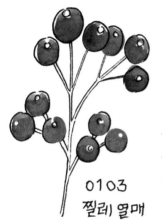

0103
찔레 열매

어제 봉산에서 꺾어 온 찔레 열매다. 겨울인데도 열매가 떨어지거나 색이 바래지 않아 구슬같이 예쁘다. 작년 5월에 산에서 피는 찔레꽃에 반해 수십 장의 사진을 찍고 그림을 그리고 압화를 만들고 집에 가져와서 벌레 천지 만들고 난리를 쳤는데 꽃이 지고 나서는 까맣게 잊고 있었다.

꽃도 주로 세 송이가 모여서 폈는데 열매도 세 개씩 모아서 열렸다. 꽃이 떨어진 자리에 열매가 생기니까 당연한 거겠지? 새빨갛고 햇빛에 반사되면 보석처럼 빛이 난다. 집에 가져온 뒤에도 한참이나 색이 변하지 않았다. 열매를 손으로 까니 안에서 아주 작은 씨앗이 나왔다. 화분에 심었는데 과연 싹이 나기는 할까?

찔레는 고대부터 전 세계에서 살아온 장미과의 관목으로 현대 장미의 조상이라고 할 수 있다. 우리나라 야산에서 흔하게 볼 수 있다. 딱 다섯 장의 잎을 가진 하얀 꽃이 5월에 피고, 11월에 빨간 열매를 맺는다. 가시가 있어 만지면 따갑다. 3월 초부터 잎이 나기 시작하는데 무서운 속도로 길어진다. 여린 찔레순은 나물 등으로 식용하기도 한다.

고양이

집 근처에 있는 '내를 건너서 숲으로 도서관'(일명 내숲 도서관) 옆에는 작은 카페가 있다. 부부가 운영하는 로스팅 카페인데 여기서 동네 길고양이를 여럿 돌보고 있다. 박스로 집도 지어주고, 밥도 준다. 특히 카페 주인아저씨가 애들을 엄청 애지중지한다. 카페에 앉아 있으면 고양이들이 와서 문을 열어달라고 앵앵 울기도 한다. 카페는 지금 100미터쯤 떨어진 곳으로 이전 공사 중인데 과연 영역 동물인 고양이들도 따라 옮길까?

0111
고양이

　자신들의 앞날을 모르는 채로 고양이 두 마리가 공처럼 몸을 말고 햇볕을 쬐고 있다. 털을 잔뜩 부풀려 추위가 스미지 못하게 애쓰고 있다. 내가 쳐다보는 걸 귀찮아는 하지만, 인기가 익숙해서 그런가 별로 신경쓰지 않는다.

고드름

내가 사는 빌라 맞은편 바위벽에 거대한 고드름이 생겼다. 얼핏 봐서는 울진굴의 종유석이 부럽지 않다. 물이 흘러내리며 얼고, 흘러내리며 얼기를 반복해 지금은 1.5미터가 넘는다. 이 정도면 새절폭포라고 이름을 붙여야 하는 것이 아닐까? 해가 기울며 건물 사이로 들어온 빛이 절묘하게 고드름을 비추니 수정처럼 영롱하게 빛을 반사한다. 아름답고, 눈이 시큰시큰하다.

직박구리

0113
직박구리

하루 종일 영하의 날씨다. 코가 떨어지게 추운데 산책을 하러 나왔다.(다행히 마스크 덕에 코는 안전하게 제자리에 붙어 있다.) 증산동까지 골목골목 걷다가 가정집 담 너머로 직박구리를 봤다. 잎이 다 떨어진 장미 덤불에서 열심히 열매를 쪼아 먹고 있었다. 덤불에는 참새와 함께 처음 보는 종류의 새도 있었는데, 당최 제대로 보이지가 않았다. 핸드폰으로 찍으려고 해봐도 덤불이 너무 빽빽하니 초

점이 잡히지 않는다. 하필 이런 날 안경까지 안 끼고 오다니! 저 처음 보는 새 자연 관찰 일기에 그려야 하는데! 이 와중에 직박구리 놈은 빽빽 울면서 다른 새를 쫓아내려 하고 있다. 것참, 열매도 많구만 그런다!

열심히 새 관찰을 하고 있는데 내 궁디 옆으로 차가 슬금슬금 들어온다. 조금 비켜줬는데도 그만큼 더 밀고 들어온다. 바로 옆에도 차가 있어서 두 차 사이에 거의 낑겼다. 이보쇼! 뭐하시는 거요! 속으로 호통을 치며 째려보고 난 뒤에야 '아, 이 집 주인인가? 여기에 주차를 하려는 건가?'는 생각이 들어 얼른 자리를 피했다. 그러고 보니 나 좀 수상해 보였겠는데…. "님들 집에 관심이 있는 것이 아니라 새를 본 겁니다! 저기 직박구리 옆에 희귀한 새 보이시죠?"라고 말할 수도 없고. 동네 관찰, 자연 관찰을 하다 보면 나도 모르게 수상한 사람이 되기 일쑤다.

수상한 사람은 아니고 그냥 새를 보고있었던 사람입니다 ….

← 더 수상함

폴더 이름으로 유명한 직박구리는 참새보다는 크고 비둘기보다는 작고 날씬한 새다. 잿빛과 갈색이 섞여 있고 까슬까슬 부슬한 머리스타일에 얼굴이 정말 귀엽게 생겼다. "찍!!! 빡!!!" 하고 고함을 지르며 나무 이곳저곳을 정신없이 나대는 놈이 있다면 바로 직박구리다. 사람을 무서워하지 않고 도시에 적응을 잘해서 개체수가 점점 늘고 있다고 한다. 꽤 심술궂은 편이라 다른 새들과 자주 시끄럽게 싸운다. 충분히 흔하지만 참새나 비둘기처럼 모든 사람이 다 아는 네임드는 아닌 듯하다.

왜가리

새절역에서 불광천을 따라 응암역까지 갔다. 불광천은 북한산 기슭부터 한강까지 주욱 이어지는 도시 하천인데, 상류는 복개되어 있고 산책로는 응암역부터 시작된다. 강폭이 넓어 물고기도 많고, 새도 많이 산다. 개를 산책시키는 사람도 많아 각종 견종을 다 만나볼 수 있다.

　다리 밑으로 흙이 모여 만들어진 작은 섬에 왜가리가 서 있다. 왜가리는 목은 하얗고 등은 쿨그레이 색상이다. 머리 뒤엔 댕기머리처럼 까만 꽁지깃이 달랑거린다. 전신이 하얀 백로와 비슷하지만 완전히 다른 새다. 친구가 백로와 왜가리를 어떻게 구분하냐고 물어봤을 때 "백로는 신선, 왜가리는 도인"이라고 말해준 적이 있

흰 도포자락 휘날리며
구름 타고 다닐 느낌

한 손에 술병 들고 다 떨어진 옷입고
비틀거리며 우술할 것 같은 느낌

는데 그게 딱이다.

이 녀석은 늙은 새인지 깃털이 많이 상해 있다. 사실 왜가리는 웬만해선 다들 할배 같은 비주얼이긴 하다. 바람이 불자 턱 아래의 가는 수염이 달달달 떨리는 것이 정말 처량해 보인다. 한 발은 털 속에 넣고 한 발로만 서서 꼼짝도 하지 않는다. 물을 보고 있지만 고기를 잡는 것도 아니다. 자세히 보니 눈이 감겨있다. 뭐야, 자는 거였냐!

다음 날에도 같은 위치에 같은 자세로 있는 왜가리를 또 봤다. 설마 저 녀석 어제부터 계속 저러고 있는 것은 아니겠지? 이 정도면 왜가리가 아니라 불광천의 토템, 아니 지박령이다.

왜가리
0118

look like
↙ 수제비 반죽

구름
0124

구름

오늘은 흐리다. 밖에 나가는 것도 잊고 있다가 5시 반에 창문을 열어보니 이미 해는 거의 지고 하늘이 푸른 보랏빛으로 물들어 있다. 정말 특이한 구름이 하늘 전체를 덮고 있었다. 마치 솜이불처럼 낮게 깔려 있는데, 자세히 보면 마치 금이 간 밀가루 반죽처럼 다 찢어져 있다. 찾아보니 이 구름은 안개구름(층운)인 것 같다. 지표면 가까이에 가로로 층처럼 만들어지고, 시간이 지나면 조각구름이 되어 흩어져 사라진다고 한다. 내가 본 것은 안개구름이 조각구름으로 변하고 있던 바로 그 순간이다! 아주 잠깐 창문을 여는 것만으로도 이런 광경을 볼 수 있다니, 전엔 몰랐던 사실이다.

뭉게구름　　　　　　새털구름

양떼구름　　　　　　갈퀴구름

이125 깃털들

깃털 수집

신사근린공원에서 깃털을 주웠다. 근린공원 동쪽은 사람들이 많이 오가는 곳이라 길이 잘 포장되어 있는데, 서쪽은 인적이 드물어 야생이나 다름없다. 그래서 재밌는 것도 서쪽에 더 많다. 수집하기엔 다소 망가진 깃털이지만 깃털 하나가 아쉬우므로 얼른 집어들었다.

얼마 전부터 깃털 줍는 데 재미를 붙였다. 깃털을 보면 마치 새를 보는 것 같다. 새는 깃털로 날아다녔을 테니, 하늘을 날고 바람을 갈랐던 날개의 일부를 가지는 느낌이랄까? 요즘엔 길을 다닐 때마다 어디 떨어진 깃털이 없는지만 보고 다닌다. 날아가는 새를 봐도 '깃털 하나만 떨어져라…' 싶은 마음이다.

난 사실 ADHD(주의력 결핍 과잉 행동 장애)이다. 어릴 때는 ADHD라는 개념이 한국에 알려져 있지 않아 그냥 산만한 애였지만 몇 년 전 뒤늦게 진단을 받았다. 나 같은 ADHD인에게 자연 관찰처럼 잘 맞는 취미가 있을까? 마음껏 산만해도 되고, 정신을 팔아도 된다. 그럴수록 더 잘 발견한다. 선사시대에는 ADHD인이 큰 쓸모가 있었을 것이다. 하루 종일 밖을 돌아다니며 뭐 신기한 것 없나 두리번거리고 아무거나 먹어보고 풀 뽑아보고 했을 테니 말이다. 그러다 금방 죽기도 했겠지만 누군가는 낯선 사냥터나 새로운 먹이 등을 곧잘 찾아냈을 것이다.

그러고 보면 내가 어릴 때 그렇게 산을 좋아한 것도 우연이 아 닌 셈이다. 산에 가면 늘 새로운 것이 있다. 늘 뭔가 변하고, 움 직이고, 소리가 들린다. 모두 ADHD가 이끌리는 것들이다. 산에 있 는 것들은 대부분 다 만질 수 있고 공짜로 가질 수 있기까지 하다. 언제나 멀리서 지켜봐야 하는 새들이 남긴 깃털도 산길을 더듬다 보면 종종 발견할 수 있다.

망가진 깃털은 새카맣고 보랏빛이 돈다. 까치의 것일까? 아직 깃털로 새를 구별하진 못한다. 갈색의 깃털도 주웠다. 직박구리라 고 하기엔 색이 옅고 참새라고 하기엔 너무 크다. 아는 새가 별로 없어 답답하다. 멧비둘기, 비둘기, 참새, 직박구리, 까마귀, 까치, 물까치, 오색딱따구리, 꿩… 이 정도뿐이다. 언젠가는 이 이상의 새도 발견하고 알아볼 수 있겠지? 더 많은 새를 알고 싶고 구분하 고 싶고, 모든 깃털을 모으고 싶다.

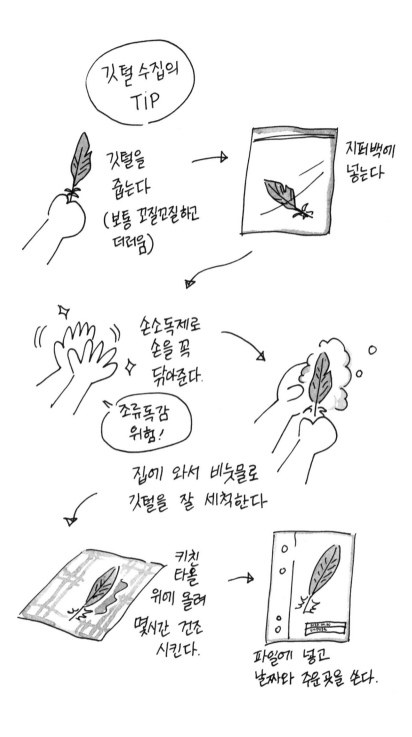

2월

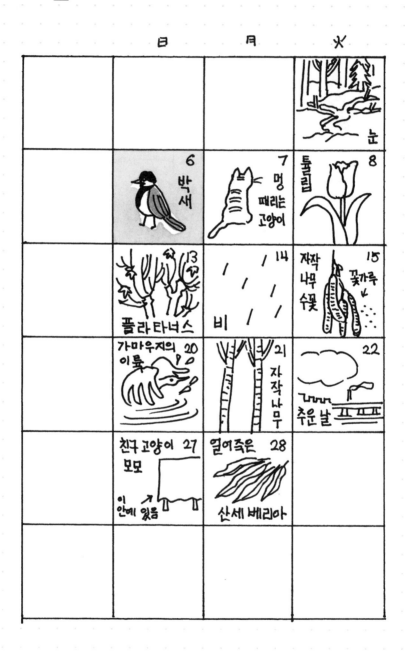

February

水	木	金	土
2 향 나무　열매	3 향나무	신사근린공원 4	뭉게구름　5
9 백 일 홍　씨 앗	흐림　10 and 미세먼지	빽! 11 직 박 구 리	흐리고　추움 12 -3℃
16 자작나무 시신	끝이 뺄꺼진 17 단풍나무	고양이의 18 털갈이	0　19 0 0 눈
23 신기하 게 벗 겨진	소나무 24 껍질	건물에 25 맞춰 자란 향나무	26 초라한 구상나무

뭉게구름

신사동 현대 1차 아파트는 은평구에서 가장 높은 지대에 있는 아파트다. 신사근린공원 정상 부근에 있는데, 거기서 20층이 더 높으니 얼마나 전망이 좋을지 짐작도 안 간다. 근린공원 정상에서만도 은평구 전체와 여의도까지 다 보이는데 말이다. 이 아파트를 지나갈 때마다 은근히 시샘하는 마음이 든다. 공원을 바라보는 쪽의 32평 아파트는 무려 7억이다. 7억을 언제 모으지… 아니 내가 7억을 모으면 아파트는 벌써 20억이 되어 있겠지.

아파트 사이로 새파란 하늘과 더없이 둥근 뭉게구름이 보인다. 아파트 두 동이 만들어낸 길쭉한 프레임 사이가 마치 액자처럼 보인다. 나에게 7억은 없지만 지금의 풍경은 가질 수 있다.

0206
박새

박새

서신초등학교 앞에서 길 건너 치킨집으로 날아 건너가는 한 마리의 박새를 봤다. 학교 후문 옆 장미 덤불에 참새 수백 마리가 모여서 사는데 박새는 딱 한 마리다. 박새도 무리를 짓는다고 들었지만, 내가 볼 때마다 혼자다.

박새는 참새보다 더 작은 새다. 한 줌도 안 되어 보이는 작은 몸에 선명하게 나누어진 검은 넥타이 문양과 회색 깃털이 눈에 띈다. 이 검정 넥타이가 크고 진할수록 암컷에게 인기가 많다고. 조금만 관심을 가지고 보면 하루에 몇 마리씩 보이는 흔한 새인데 사람들이 잘 모른다.(나도 2년 전까지 몰랐고.) 아마 크기가 너무 작아서 잘 안 보이기 때문인 듯하다.

몸은 작지만 목소리는 우렁차다. 직박구리처럼 빡빡 짖어대는 느낌이 아니고 아주 아름답게 노래한다. 예쁜 새소리가 들려서 누구인가 찾아보면 박새일 때가 많다. 새가 크고 아름답게 노래하는 것은 주로 수컷이 짝을 찾을 때다. 노래는 에너지가 많이 들고, 천적의 관심을 끄는 위험한 행동인데, 치킨집 앞에서 휘츄-휘츄- 하고 크게 노래하고 있는 저 박새도 목숨을 걸고 암컷을 찾는 것이다. 갑자기 코딱지만 한 박새가 몹시 용감하게 보인다.

0209
백일홍
씨앗

파앗

×6

주먹 쥐고

있다가 파앗 펼치며

사방에 씨를 뿌린다.

양면에 하나씩

씨 수납 가능한

트레이가

총 6개 모여

이루어진 구조

← 배롱나무 여름 모습 ↗

백일홍 씨앗

뭔가 관찰할 게 없는지 근린공원을 어슬렁거렸다. 자연 관찰 일기를 매일 쓰겠다고 생각하니 어떻게든 건수를 찾아다니게 된다. 나뭇잎이나 씨앗, 깃털 같은 것은 주머니에 넣어 와 집에서 그리면 편하다. 그러다 보니 주워 올 수 있는 것들을 주로 찾는다.

지난여름 연못 주변에 백일홍이 피었던 것을 떠올리며 앙상한 나무 옆으로 갔다. 배롱나무(백일홍나무)는 줄기가 가늘고 노란빛으로 얼룩덜룩해 구분이 쉬운 편이다. 뭔가가 잔뜩 열려 있다. 손으로 당겨 가까이서 보니 씨앗이 담겼던 열매다. 이미 씨는 다 발사해 퍼뜨렸는지 속이 비어 있다. 위치로 보건대 발사한 씨앗들은 대부분 연못으로 떨어졌을 거다. 배롱나무에게 눈이 있었다면 물에 빠진 씨앗들이 아까워 속이 탔겠지. 그래도 이 많은 씨앗 중에 한두 개만 싹을 틔워도 성공이다. 나무는 필요한 만큼보다 백배 천배의 씨앗을 뿌린다. 단 한 번의 싹 틔울 기회를 놓치지 않기 위해.

배롱나무는 꽃이 백 일 동안 핀다고 해서 백일홍이라고도 부르는데, 이 꽃들은 한 번에 일제히 피었다 지는 게 아니라 여러 날에 걸쳐 번갈아 피고 지는 것이다. 국화과의 풀꽃인 백일홍과는 다른 식물이다.

0216
자작나무의 가로선

자작나무의 가로선

오랜만에 근린공원 동쪽으로 갔다가 깜짝 놀랐다. 이곳엔 자작나무 군락지가 있는데, 큰 자작나무 상당수가 베어졌다. 특히 이 공원에서 제일 크던 자작나무도 밑동이 베어져 토막토막 잘려 있다. 대체 왜? 근린공원에 흰가루병이 도는 것 같던데 그래서인가? 아님 속이 썩어 있었나? 너무 커서? 뿌리가 위험해서?

그러고 보면 은평구 산에는 유독 쓰러진 나무가 많다. 산 자체가 바위산이라 뿌리가 깊이 들어가지 못하는데 그런 마당에 경쟁할 주변 나무는 많다. 햇빛을 조금이라도 더 받으려고 키를 키우다 보니 뿌리가 몸을 감당하지 못하고 쓰러지는 것이 아닐까 싶다.

예전엔 나무 한 그루가 잘리는 일에 커다란 상처를 받고, 마치 내 소유의 나무를 잃은 것처럼 가슴이 아팠다. 부천에 살 때 좋아하는 나무가 잘린 적이 있었는데, 시장에게 SNS로 항의 메시지를 보내기까지 했다.(안쪽이 썩어 있어 곧 쓰러질 나무라 벌목한다는 답변 받음.) 이젠 나무 한 그루를 베면 그럴 만한 사정이 있다는 것을 안다. 하지만 감정적으로는 아직도 납득이 되지 않는다. 더 많이 보고, 다 그려놓았어야 했는데.

하얀 자작나무가 쓰러져 숲에 가로선을 만들어놓았다. 슬프지만 그래도 아름답다.

털갈이 중인 길고양이

꼬질　　꼬질

0218
털갈이 중인 길고양이

내숲도서관 옆에서 고양이를 봤다. 1월 11일에 본 고양이와 같은
녀석인 것 같다. 노란 치즈색의 고양이는 원래 정확히 어떤 색인지
알기 어려울 정도로 뭉친 털이 덕지덕지 붙어 있었다. 나이가 지
긋한 녀석인지 터벅터벅 걸어가는 발바닥의 젤리가 어둡고 낡아
있다.

알아보니 고양이는 봄에 털갈이를 한다고 한다. 작년에 쓰던 털이 빠지고 새 털이 나는 과정인 것이다. 집에서 기르는 고양이는 빗질을 해주니 털이 저렇게 불편하게 뭉친 상태로 붙어 있진 않을 텐데. 마음 같아서는 허리를 붙잡아 털을 박박 빗겨주고 싶다.

왠지 지친
뒷모습 ↘

나무의 정체

신사근린공원을 샅샅이 탐색하다가 정말 신기한 나무를 만났다. 얼핏 보기엔 자작나무 같다. 길고 늘씬한 줄기는 탁한 회색에 가까운 갈색을 띠고 군데군데 벗겨져 있다. 자작나무가 흰색으로 바뀌는 과정인가 하고 가까이 가보니 자작나무와는 매우 다른 느낌이다. 자작나무는 수피(나무껍질)가 가로 방향이고 벗겨질 때 종이처럼 얇게 부스럭거린다. 그런데 이 나무는 수피가 세로 방향이고 희게 변한 부분도 껍질이 벗겨진 느낌이 아니었다. 마치 커다란 붓으로 흰색 페인트를 찍어 스윽 그은 것 같달까. 나무 줄기를 손톱으로 살짝 긁어봤는데 긁은 자국이 연한 갈색이지, 절대 흰색이 아니었다. 수피가 벗겨진 것이 아니라 변색된 점이 생긴 느낌이다. 대체 이 나무는 뭐지?

집에 돌아와 나무도감에서 한참 찾아봤지만 모르겠다. 웬만하면 하지 않는 인터넷 검색까지 했다. 보아하니 두충나무라는 나무가 그나마 이것과 비슷하게 벗겨지는 것 같다. 잎 한 장 달리지 않은 나무의 정체를 찾는 것은 정말 어렵다. 신사근린공원의 벗겨지는 나무 미스터리를 내가 과연 풀 수 있을까? 지식인에 사진 올리고 물어보면 간단하겠지만 그렇게 알고 싶지는 않다. 기다릴 수 있다. 나무는 그곳에 있고 시간은 많으니까.

안쓰러운 구상나무

O226 안쓰러운 구상나무

구산동 반지하 빌라 앞 화단에서 구상나무를 발견했다. 발견했다
는 표현을 쓰는 것이 좀 이상하기는 하다. 주택가에 대충 심어진
반쯤 죽어가는 침엽수는 대부분 구상나무니까.

구상나무는 크리스마스트리 하면 떠오르는 그 나무다. 20세기 초 유럽 식물학자가 한국 제주도에서 발견해 유럽과 미국으로 가져가 크리스마스트리로 널리 쓰이게 됐다고 한다. 심지어 이름도 Korean fir(한국전나무)다. 제대로 햇빛을 받고 자란 구상나무는 10미터까지도 자라고, 숨이 막힐 정도로 보송보송하고 아름답다. 제주도 한라산 군락지의 구상나무들은 멸종 위기라지만 의외로 도시에서는 빌라 틈새나 아파트 화단 등에서 쉽게 찾아볼 수 있다. 아무렇게나 심어도 어떻게든 살아내기 때문인 듯하다.

이 녀석도 살아 있는 게 용하다 싶은 안쓰러운 형태다. 구상나무는 전체적으로 원뿔형으로 자라는데 위쪽을 싹뚝 잘랐다. 아마도 2층 주민의 시야에 구상나무가 거슬렸던 것 같다. 아랫부분도 먼지에 시달려 거의 회색이 되었고 부분적으로 부러져 있다. 도시에도 나무는 어디든 있지만 대접을 받는 나무는 흔치 않다. 하지만 나무는 어떻게든 길을 만들어 살아낸다.

구상나무의 원래 비주얼…

3월

日	月	火
		1 멧비둘기 깃털
백련산 산책 6	편백나무 7	오후 8 6:46
장미 13	근린공원 연못 14	신촌의 흙 15
백로의 둥지 20	새털구름 21	노을 22
유칼립투스 27	장미 28 봉오리	홍합 29

March

水	木	金	土
2 멧비둘기의 죽음	참새의 3 배	멋진 4 수피	5 비숑
9 그루터기	스트 10 로브 잣 나무 열매	11 8층 까치집	자연으로 12 돌아간 멧 비둘기
청둥오리의 ⑯ 짝짓기	흐림 17	18 말라 죽은 동백	누구의 19 열매 인가
장미 23 씨앗	24 백련산	25 가지치기	26 비
집 앞 30 개나리 만개	고양이 키 와 까치		

멧비둘기 깃털

근린공원에서 멧비둘기 깃털을 여러 개 주웠다. 웬일인지 한 자리에 깃털이 열 개 정도 빠져 있었다. 이곳에서 다른 동물에게 공격당한 걸까? 깃털은 손가락 하나보다 작고 아래쪽은 솜털이다. 요즘 깃털 줍기에 미쳐서 땅바닥만 보고 다니는데 횡재한 기분이다. 보이는 대로 다 주웠다. 누가 이상하게 보고 있다는 것도 모른 채 말이다.

0301
멧비둘기
깃털

← 지나가다 멈춰서서 나를 한참 보다 간 사람..

54

녹은 고드름

겨울 내내 빌라 외벽에 있던 거대 고드름이 드디어 녹았다! 고드름이 있었던 자리엔 작은 얼음 약간과 물에 젖은 벽만 있다. 3월 1일이 되자마자 고드름이 녹다니 역시 3월이다. 이제 이 지겨운 추위도 끝이겠지?

0301
녹은 고드름

죽은 멧비둘기

집으로 오던 중 담벼락 근처에서 새의 사체를 보고 심장이 멎을 뻔했다. 차에 깔려 죽은 끔찍한 상태일까 봐 순간적으로 눈을 질끈 감았다. 마음을 다잡고 다시 멀찍이서 보니 새는 마치 자고 있는 것처럼 피도 없고 상처도 없었다. 멧비둘기였다. 방금 죽었는지 벌레 한 마리 보이지 않고 냄새도 나지 않았다. 마치 그림 속 한 장면처럼 날아가는 모습 그대로 박제된 듯했다.

이걸 어떻게 해야 돼. 한참 고민했다. 불쌍해서 묻어주고 싶었지만 사체를 차마 손으로 만질 용기가 없고, 그렇다고 내버려 두면 벌레 꼬이고 썩어가는 모습을 매일 봐야 할지도 모른다. 한참 고민하다 쓰레기봉지 근처에서 깨끗한 비닐을 찾아 손에 끼고 멧비둘기의 사체를 조심히 들어올렸다. 예상 외로 몸이 딱딱했다. 전혀 부드럽지 않았고 추욱 처진 느낌도 아니었다. 이 와중에 깃털을 하나 갖고 싶어 살짝 잡아당겨 보았지만 쉽게 빠지지 않았다. 동화작가 타샤 튜더는 작은 동물들과 새의 사체를 냉동실에 넣어두고 스케치할 때 참고했다는데 나는 차마 그 정도 용기는 나지 않았다. 바로 옆에 있는 수풀에 새를 놓고 위에 낙엽을 덮어주었다.

집에 돌아와 멧비둘기 사진을 찬찬히 보다 보니(그 와중에 그림 그리려고 사진도 찍음) 등쪽에 깃털이 왕창 뽑힌 흔적이 있었다. 어제 내가 주운 멧비둘기 깃털이 혹시 얘 몸에서 나온 건가? 그 깃털이 있어야 할 위치와 이 녀석의 털이 뽑힌 부분이 너무 똑같다. 신사근린공원에서 누군가에게 공격당한 후에 날아서 도망치다가 떨어져 죽은 걸지도 모른다. 제대로 묻어주지 못한 게 맘에 걸린다. 멧비둘기의 천국에서 영원히 행복하길.

저녁에 "구구-구구, 구구-구구" 하며 우는 멧비둘기 소리를 들었다. 요즘 통 듣지 못했는데 한참이나 울고 있다. 멧비둘기는 꼭 둘이 쌍을 이뤄 다니던데, 혹시 죽은 멧비둘기의 반려일까? 어쩐지 그 울음소리가 처량하게 들린다.

비송

동네의 한 식당에 갔다. 경상도 사투리로 반갑게 맞아주시는 사장님 뒤로 사람만 한 머리를 가진 개가 보였다. 스탠더드 푸들인가 했더니 비숑이라고 한다. 아니 비숑이 저렇게 크게 자랄 수도 있는 거였어? 몸도 크지만 머리가 몸의 반이다.

비숑은 음식점이 아주 제 집 마당인 양 의자에 올라가 비빔면 봉지를 갖고 놀고 있었다. 궁금한 마음에 핸드폰을 들고 가까이 가봤다. 분명 살랑살랑 꼬리를 치고 있었는데 조금 더 다가가자 아주 낮게 "으르르릉…" 하는 소리가 들렸다. 얼굴을 자세히 보니 윗입술을 들어올려 이를 살짝 드러내고 있다. 그런 주제에 꼬리는 또 치고 있다. 인간이 반가우면서도 조금만 가까이 오면 넌 죽어, 하는 표정이었다.

페르난도 카마초의 『유기견 입양 교과서』라는 책에는 "개는 읽으라고 펼쳐놓은 책이다"는 구절이 있다. 개의 모든 생각과 마음은 몸에 다 드러난다는 말이다. 개는 공격하기 전에 몸으로 최대한 경고를 준다. 그 말을 떠올리니 비숑의 "반갑지만 꺼져"라는 몸짓언어가 보였다. 얼른 내 자리로 꺼져주었다.

3월 6일 오후 3시~5시	장소	서울시 은평구 백련산
날씨	맑음	온도	7 / -3℃	기분	좋음

친구 깅, 모호연과 함께 백련산에 갔다.

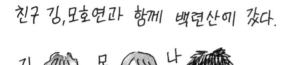

백련산 입구는 아파트들 사이에 있어
계단을 (체감상) 영원히 올라감.

그 대신 백련산 정상엔
금방 도착했다?!

백련산엔
전나무와
자작나무가
많았고

엄청 커다란 돌도 많음!
(백련산 자체가 돌산)

정상 소나무 숲에서는
첨 보는 것도 주웠다.

새우튀김?!

응? 이게 뭐지?

킹이 보온병에 담아온 커피 →

키 큰 소나무

까드득

알고 보니 다람쥐가 솔방울을 먹고 버린 흔적이었다!

우리가 치킨 먹고 뼈버리는 것 같은?

자세히 볼수록 점점 많은 게 보였다.

뿌리

도토리에서 싹이 난 것도 봄!

모자 안에서 뿌리가 나왔다?

벗겨져 굴러다니는 도토리 모자

다음에 또 오자!

♪-

셋이서 자연관찰을 하면..
세 배로 재밌다?!

편백나무 숲

오후 5시쯤 바람막이를 입고 봉산으로 갔다. 나가기 귀찮지만 3월부터는 계절의 변화가 매일 생겨 하루하루가 소중하다.

오늘도 눈에 불을 켜고 깃털을 찾았다. 풍경을 전체적으로 봐야 하는데 깃털에 사로잡혀서 큰 그림을 전혀 보지 못하고 있다. 땅에 있는 주먹만 한 구멍 앞에 작은 깃털이 열몇 개 있는 것을 보고 허겁지겁 주웠다. 뱀이 참새나 박새를 잡아 끌고 들어간 걸까? 구멍을 확인할 용기는 당연히 없다. 산을 한참 올라가다 보니 깃털을 넣은 지퍼백이 없다! 내 깃털! 되돌아가기 귀찮은데 그냥 버려야 하나. 근데 그러면 또 산에 쓰레기가 되는데. 갈등하다 지퍼백을 찾으러 다시 한참을 돌아갔다. 다행히 길가에 평범한 쓰레기처럼 떨어져 있다.

오랜만에 산에서 그림도 그렸다. 편백나무 숲 그림을 한 장 그리고 좀 이동해서 다시 그리려는데 클러치 펜슬 심이 없어졌다. 클러치 펜슬은 샤프와 비슷한 필기구로, 굵은 연필심을 앞쪽 홀더로 잡아주는 심플한 구조다. 그래서 자칫 세게 누르면 연필심이 통째로 흘러내리는 경우가 있다.

이런 일이 언젠가는 있을 줄 알았지만 그게 오늘이라니! 하필 그림 좀 잘 그려지는 날에! 산에서 연필심을 찾는 게 말이 되나 싶지

클러치/펜슬

연필심

야호
자유다

0307 편백나무숲

만 다시 뒤돌아 연필심을 찾으러 갔다. 이게 바로 짚 더미에서 바늘 찾기인가…. 아까 그림 그렸던 곳에 쪼그리고 앉아 연필심을 찾았다. 이건가 하고 들여다보면 나뭇가지고 이건가 하고 보면 지푸라기다. 할머니 한 분이 지나가며 안쓰러운 목소리로 "뭘 잃어버렸어요?" 하고 물어보셨다. "네, 제가 샤프심을 잃어버려서…"라고 차마 말할 수가 없어 별거 아니라고 웃으며 대답했다. 하늘은 점점 어둑해지고 잘 보이지도 않는데 10분이 넘도록 연필심에 집착을 버리지 못하는 나…. 결국 포기하고 집으로 돌아왔다. 만 원 넘게 주고 산 우더 쇼티 클러치 펜슬 네놈을 내가 기억할 것이다.

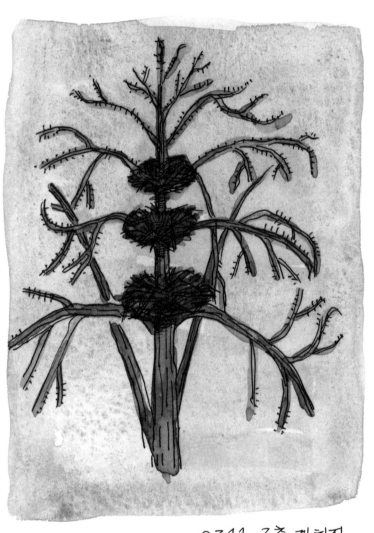

0311 3층 까치집

3층 까치집

평창동에 전시를 보러 갔는데 3층으로 지어진 멋진 둥지가 보였다. 까치가 가지에 앉아 있는 것으로 봐서 까치집인 것 같다. 키가 커다란 은행나무에 무려 세 개를 연속으로 지어놓았다. 이 부자 동네 평창동에 방 한 칸도 아니고 무려 3층 빌라를 지어놓다니, 역시 까치는 부자다. 턱시도 빼입고 다닐 때부터 알아봤다.

　이렇게 집을 멋지게 지어놓고도 까치는 매해 둥지를 새로 만든다고 한다. 그래서 까치가 버린 둥지를 다른 새들이 잘 사용한다나. 까치는 조류계의 건축업자인가? 건설에서 분양까지 안 하는 게 없다.

까치는 둥지 만들기의 고수다. 나뭇가지를 겹치게 쌓아 올리며 둥지를 짓는데, 나뭇가지가 쌓일수록 아래의 가지들은 서로 단단히 얽히게 된다. 까치는 나뭇가지를 물어 와 둥지를 만드는 중간중간 체중을 실어 바닥을 밟고, 벽을 발로 차고, 벽에 진흙을 발라 더 단단하게 만든다. 수컷이 1차 공사를 해 둥지의 기초를 만들어 놓으면 암컷이 와서 심사를 한다. 맘에 들면 짝을 이루어 둥지를 더 크게 만들고 알을 낳는다. 이렇게 뚜껑까지 만들어진 까치집은 입구가 옆이나 아래쪽에 위치해 비가 들이치지 않고 뱀 같은 천적도 들어올 수 없다고 한다.

0311
멧비둘기
사체와
고양이

멧비둘기 사체와 고양이

해가 지고 머리 위에 반달이 떴다. 어둑어둑한 길을 걸어가는데 며칠 전 멧비둘기 사체를 옮겨둔 수풀에서 뭔가 시커먼 것이 부스럭거렸다. 흠칫 놀라 그 자리에 멈춰 서서 자세히 보니 까만 고양이가 뭔가를 먹고 있다. 저건 절대 사료 같은 것을 먹는 몸짓이 아니다. 발로 강하게 누르고 입으로 뭔가를 뜯어내면서 으적으적 씹고 있다. 바로 그 멧비둘기다. 고양이가 새를 먹는다는 사실은 알고 있었지만 막상 눈으로 보니 놀라웠다. 아니 근데 먹을 것이나 있나? 만져봤을 때 살도 없고 깃털하고 뼈밖에 없는 느낌이었는데…. 까만 고양이는 상당히 컸고 턱시도처럼 눈 아래부터 배는 하얗다. 잘 먹던데 이왕이면 말끔히 포식했으면 좋겠다.

다음 날 멧비둘기 사체를 다시 보러 가니 생각보단 별로 끔찍하지 않았다. 일단 피가 흐른 흔적이 전혀 없었다. 아직 차가운 날씨 때문일까? 배를 위로 향한 사체 주변엔 흰 가슴털이 엄청나게 많이 흩어져 있었고 가슴은 다 뜯겨 갈비뼈가 드러났다. 날개는 건드리지 않은 듯 그대로였고 자세히 보니 머리가 없었다. 아무리 깃털에 미친 나라도 이 깃털은 차마 수집할 용기가 나지 않았다.

청둥오리의 짝짓기

대박이다. 자연 관찰 일기 사상 최대의 이벤트가 일어났다.
신사근린공원 미니 연못에서 청둥오리 부부가 짝짓기 하는 모습을
내 두 눈으로 똑똑히 봤다!(대흥분)

0316
청둥오리의 짝짓기

마주 보고 목을 올렸다
내렸다 점점 빠르게,

그러다 곧이어 암컷이 물 위로
엎드리고,

수컷이 올라타 부리로
암컷의 목을 물고
약 10초 뒤 암컷이
빠져나옴.

암컷, 수컷 둘다 물에 들어갔다
나왔다를 서너번 반복.

그리고 날개를
치며 세리머니!

1분 후
공원을
한바퀴
의미없이
돌고 옴.

(신혼비행?)

며칠 전부터 연못에 청둥오리 부부 한 쌍이 눈에 띄었는데 이때는 별다른 행동이 보이지 않았다. 늘 보는 청둥오리들처럼 열심히 머리를 바닥에 처박고 이끼를 긁어 먹을 뿐이었다. 그런데 오늘은 처음부터 좀 이상했다. 암컷이 연못 밖으로 나와 수풀을 정찰하고 다니는 것이었다. 마치 결혼 전에 모델하우스 보러 다니는 예비부부처럼 수컷도 따라 나와 암컷 뒤를 졸졸 쫓아다녔다. 암컷은 여기도 보고 저기도 보고 한군데에 오래 서 있기도 하며 30분 넘게 연못 밖을 살폈다. 그러다가 당이 떨어졌는지 다시 연못으로 들어가 열심히 뭔가를 찾아 먹었다.

평소 보면 확실히 암컷이 먹는 것에 더 집착하긴 하지만 수컷도 열심히 먹이를 찾는 편이다. 그런데 이날은 수컷이 뭘 먹으려 들지 않고 암컷 옆에만 둥둥 떠 있었다. 그러다 수컷이 이상한 짓을 하기 시작했다. 목을 위로 올렸다 아래로 내렸다 하기를 반복하는 것이다. 성북천과 불광천에서 청둥오리를 많이 봤지만 이런 모습은 한 번도 본 적 없어 뭔가 이상한데? 싶었다. 한참 보고 있으려니 갑자기 암컷도 같은 행동을 하기 시작했다! 목을 위아래로 올렸다 내렸다 하며 춤을 추듯 박자를 타는 것이다.

이때 뭔가 빅 이벤트가 일어날 것을 직감하고 얼른 핸드폰을 들어 영상 녹화를 켰다.(지금 생각해 보니 얼마나 현명한지.) 암컷과 수컷은 엇박

으로 고개를 위아래로 움직이다 어느 순간 둘이 같은 박자로 고개를 세차게 움직였다. 그러더니 암컷이 잠수하듯 물 위에 머리를 내리며 몸을 엎드리고, 수컷이 암컷 위에 올라타서 암컷의 목을 부리로 물었다! 그런 다음 꼬리를 파닥파닥하며 약 10초 정도 그대로 있다가 암컷이 버둥버둥하며 수컷에게서 떨어져 나왔다. 바로 직후 암컷은 물에 들어갔다 나왔다, 들어갔다 나왔다를 반복하다 수면 위에서 날개를 크게 펼치며 파닥거렸다. 이것이 바로 말로만 듣던 승리의 날갯짓인가? 이에 호응하듯 수컷도 물에 들어갔다 나왔다를 반복하고 승리의 날갯짓을 했다.

이로써 이벤트가 끝났으리라 생각했는데, 돌연 암컷이 물 밖으로 뛰쳐나가듯 날아올랐다. 수컷도 따라 공원 부근을 신나게 한 바퀴 날고는 연못에 다리를 파바박 부딪쳐 물살을 일으키며 착지했다. 저건 뭐지? 신혼 비행인가? 평소처럼 유유하게 이끼를 먹는가 싶더니 또다시 물 밖으로 뛰쳐나간 암컷과, 바로 그 뒤를 따라 나는 수컷이 요란하게 공원을 두 바퀴나 돌았다. 그리고 다시 제자리로 돌아와 서로 가까이 붙어 있다. 응, 그래. 너희 행복해 보인다ㅋㅋㅋ 퍼레이드 장난 아니네, 진짜. 그리고 나도 행복하다. 이런 빅 이벤트를 내 두 눈으로 직접 보다니. 자연 관찰을 시작한 보람을 느낀다. 이제 짝짓기를 했으니 알도 품고 새끼도 태어나겠지? 으아악. 생각만 해도 너무 설렌다.

누구의 열매인가

장 보러 마트 갔다 돌아오는 길에 버스정류장에서 시끄러운 직박구리를 만났다. 앙상한 활엽수 가지에 앉아 열매를 부리로 쪼고 있었다. 그러다 열매를 하나 떨어뜨리길래 얼른 주워보았다.

이건 열매라기보다 콩깍지에 가까운 느낌이다. 말라서 쪼글쪼글하고 가볍다. 껍질을 벗겨보니 안쪽은 끈적한 것이 묻어났고 아주 작은 씨앗이 들어 있었다. 살짝 입으로 씹어봤는데 퉤퉤, 극도로 썼다. 누구의 열매일까? 무슨 나무일까? 갑자기 엄청 궁금해졌다.

콩깍지 열매가 열린다면 역시 콩과 나무다. 15미터 높이의 활엽수이고 수피는 진갈색에 세로 방향이다. 근처에 떨어지거나 달린 잎이 없어 잎 모양으로 확인이 어렵다. 고민하는 와중에 버스가 와서 탔다. 인터넷으로 검색하지 않는다는 내 나름의 규칙을 깨고 열심히 검색해 봤다. 사실 앱이나 지식인에 사진을 올리고 물어보면 금방 누군가 답해 줄 것이다. 하지만 그렇게 알고 싶지는 않다. 정답을 아는 게 목적이 아니라 알아가는 과정이 재밌는 거니까. 집에 도착해 가지고 있는 도감을 모조리 뒤져봤다. 아무리 봐도 짐작 가는 나무가 없었다. 정말 모르겠다. 괜히 주워 와서 미스터리만 생겼다.

누구의 열매인가

0319 미스터리 콩깍지

급기야 그 나무 위치를 지도 로드뷰로 찾아봤다. 해마다 다른 계절의 나무 모습이 사진으로 남아 있었다. 8월의 나무는 아주 진한 초록색에 나무 가득 잎이 달렸고 흰색 꽃 같은 것이 보였다. 그때 머릿속에 아카시아가 스쳐 지나갔다. 아카시아인가? 아카시아는 5월에 꽃이 피고 가로수로 잘 심지 않는데? 그렇지만 아카시아도 흰 꽃이고 세로 수피에 콩깍지가 열리잖아! 나무도감에서 허겁지겁 아카시아를 찾아보자, 만세 소리가 절로 나왔다. 아카시아 바로 옆 페이지에 회화나무가 있었는데, 세로 방향 수피에 콩 같은 열매가 열리고 8월에 흰색 꽃이 핀다고 적혀 있다. 이럴 수가, 회화나무였구나! 회화나무와 아카시아는 같은 콩과의 나무였다. 회화나무라고 하면 궁궐이나 숲에 있는 거대한 고목들만 생각했는데 가로수도 있었던 거다. 이렇게 후련할 수가. 미스터리가 풀렸다!

인터넷에 사진을 올리며 물어봤다면 아마 5분 만에 누군가 이름을 가르쳐줬을 것이다. 하지만 쉽게 알아낸 만큼 쉽게 잊어버렸겠지. 이렇게 힘들게 스스로 알아내니 기쁨도 재미도 두 배로 크다.

콩 같은 열매 + 세로방향 수피 + 8월의 꽃 → 회화나무!!

0320 백로의 둥지

짜릿

실제 영상을 보고싶다면
여기로!

백로의 둥지

상암 월드컵경기장에는 멋진 적송이 많다. 기본 20미터 30미터 높이에 윤기가 좔좔 흐른다. 지나가는 아저씨들마다 "키야~ 이 나무는 천만 원짜리다" 하면서 감탄을 뱉는다.

월드컵경기장에서 길을 건너 마포농수산센터로 가려고 하는데 놀라운 광경이 보였다. 그 천만 원짜리 적송 위에 중대백로가 올라앉아 있는 것이다! 강에서 물가에 서 있는 것만 보았지, 어딘가에 둥지를 튼 모습은 한 번도 본 적이 없었다. 너무 놀라워서 카메라 동영상을 켜고 한참을 관찰했다. 백로는 적송 꼭대기에 서서 아래로 고개를 향했다가 들고, 또 고개를 아래로 숙였다가 들었다. 새끼들에게 밥을 먹이는 걸까? 나와 거의 20미터 떨어져 있는데도 얼굴까지 보일 정도로 백로는 컸다.

한참 앉아 있던 백로는 다시 불광천 쪽으로 날아갔다. 백로가 떠난 뒤 적송 아래로 가 위를 올려다보니 정말로 둥지가 있었다! 목이 아플 정도로 높은 곳이었다. 백로의 둥지를 알게 되다니, 남이 모르는 중대한 비밀을 알아버린 기분이다. 지나가는 사람마다 붙잡고 "저기 백로 둥지 있어요!"라고 자랑하고 싶다. 그 둥지가 내 집도 아닌데.

향나무 다듬는 사람

0325

착

싹

향나무 다듬는 사람

버스정류장 앞에서 향나무를 다듬는 아저씨를 봤다. 높은 사다리가 금방이라도 넘어질 것같이 불안해 보이는데 아저씨는 용케 양다리로 균형을 잡아가며 커다란 전정가위를 들고 작업을 하고 있다. 영화 〈가위손〉처럼 착착착착착 막 빠르게 가지를 칠 줄 알았더니, 의외로 베어내는 속도가 느리고 텀이 길다. 한참 이 모양이 맞나? 생각하다가 착! 하고 단 한 번 가위질을 해서 가지를 잘라낸다. 삐쭉삐쭉했던 향나무가 점점 모양이 잡힌다.

봄이 와서 그런가, 여기저기서 조경이 한참이다. 새로 관목을 심기도 하고 이미 있는 것을 다듬기도 한다. 불광천에도 여러 사람들이 나와 꽃을 심고 잡초를 뽑고 있다. 봄이면 사람들은 주변 경관에 관심이 많아지는데, 그에 맞춰 식물들도 관리를 받게 되는 모양이다.

0330 개나리

집 앞 개나리 만개

내가 사는 4층 빌라 앞에는 거대한 바위산이 있어 베란다에 나가면 사시사철 자연의 풍경이 보인다.(물론 가끔 인간이 버린 쓰레기도 보이지만.) 이 풍경 때문에 이 빌라를 콕 찍어 선택했고, 여기서 오래 살고 싶은 마음이다. 음, 내 집이었으면 더 좋았겠지만….

　겨울 내내 눈으로 덮여 있던 바위 벽이 모습을 드러내고 푸릇푸릇하게 이끼가 돋아나더니, 어느 순간 절벽 아래쪽부터 개나리가 피기 시작해 절벽 절반이 노란색이 됐다. 작년에도 봤지만 역시 장관이다. 이걸 나만 봐도 되나? 우리 집에 입장료를 매기고 동네 사람들을 관람객으로 받아야 하는 것은 아닌가 하는 생각이 들 정도다. 개나리는 작년보다 더 높이 올라왔다. 해마다 창문에서 보는 개나리 상한선이 점점 높아지고 있다. 역시 봄은 멋지다.

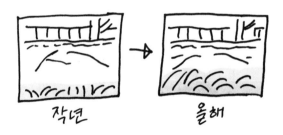

작년 → 올해

4월

日	月	火

	매 3 화	창문 열다 4	드디어 주운 5 (건진) 오리깃털
	더워서 찢청 개시 10	플푸레 나무 11	토종 민들레 12
	겹벚꽃 17	꽃의 봉산 18	목련 차 19
	아카시아에 새잎이 24	여름옷 빨래 25	걸신 들린 청둥오리 26

April

水	木	金	土
		1 왜가리의 고뇌	2 까악 까악
6 목련	7 길어진 해	8 불광천 잉어	9 벚나무
13 만개	14 달 무리	15 단비	16 대빵 큰 보름달
20 가마우지의 날개	21 모란	22 거북이	23 신기한 버섯
27 집·오·리?!	28 새들의 사랑	29 새끼 청둥오리!	30 이팝 나무

왜가리의 고뇌

날이 너무너무 좋다. 오전부터 집에서 뛰쳐나와 불광천을 걸었다. 깔따구가 창궐한 것만 빼면 일 년 중 가장 좋은 날씨다. 봄은 늘 감동적이다. 매해 봐도 질리지 않는다. 매화와 목련, 개나리가 피었고 벚꽃과 복숭아꽃, 조팝나무는 때를 기다리고 있다. 사람들도 따사로운 볕을 쬐며 다들 온화한 얼굴을 하고 있다. 봄의 영향력 안에서 움직이는 지금 이 순간만은 다른 모든 것들이 의미 없게 느껴진다.

봄에는 너무 많은 사건이 하루에 다 일어난다. 자연 관찰을 하면서도 정신을 똑바로 차려야 한다. 마음속 레이더를 켜고 사방을 둘러본 결과 증산역 부근 불광천에서 왜가리가 큰 물고기를 물고 고뇌하는 모습이 포착됐다. 처음에는 물고 있는 것이 대체 무엇인지 몰라 혼란스러웠다. 시간이 흐른 뒤에야 그것이 엄청나게 커다란 물고기임을 알았다. 왜가리의 입은 한계까지 벌어졌고, 이미 목구멍까지 넘어간 물고기 머리가 왜가리의 가는 목에 혹처럼 불룩 튀어나왔다. 그림은 다소 미화한 버전이고 실제로는 더 기괴했다.

왜가리는 어떻게든 물고기를 삼키려고 한참을 애썼다. 고개를 쳐든 채 몇 분을 부동자세로 서 있더니 얕은 물에 고개를 박고 물고기를 뱉었다. 이제 끝인가 하고 지켜보는데 놀랍게도 왜가리는 포기하지 않았다. 부리로 물고기를 힘겹게 집어 올려 다시 입안에

넣었다. 물고기는 물 밖에 오래 있어서인지 아니면 숨이 끊어졌는
지 미동도 없었다. 다시 고개를 들고 입과 목을 일직선으로 만들어
어떻게든 넘겨보려 애쓰는 왜가리…. 그렇게 또 몇 분이 흘렀을까.
왜가리는 질렸다는 듯 물고기를 툭 뱉어내고는 날개를 펴고 훨훨
날아가 버렸다. 마치 없었던 일로 하고 싶은 것처럼 보였다. 불광
천에 왜 이렇게 팔뚝만 한 잉어가 많나
했더니 그들은 너무 빨리 자라고
아무도 그들을 먹을 수 없어
서 그런 것이었다.

0401 불광천
왜가리의 고뇌

벚꽃놀이란

드디어 벚꽃이 피었다. 매년 벚꽃이 피기를 기다리면서도 할 수 있다면 최대한 미루고 싶어진다. 벚꽃이 피고 지는 것을 즐겨야 한다는 초조함이 유난하다. 벚꽃이 피고 나면 봄의 절정이 지나버리는 느낌이라 그런 걸까? 해가 갈수록 봄은 너무 빨리 사라진다. 꽃놀이를 해야 그나마 이 초조함이 달래진다. 한 번으로도 안 된다. 최소 두 번은 해야 한다.

꽃놀이란 무엇인가? 꽃에만 집중해 야외에서 즐기는 연회로 간식 먹기, 돗자리에 눕기, 음료 마시기, 사진 찍기, 꽃 아래에서 낮잠 한숨 때리기 등의 활동을 동반하는 것이다. 오며 가며 잠시 멈춰 서서 꽃을 보는 것은 내 두뇌에서 '꽃놀이'로 인식하지 않는다. 반드시 꽃에 집중할 수 있는 공간을 선점하고 야외에서 최소 한 시간을 보내야 꽃놀이로 인정하는 것이다. 이걸 하지 못하면 '나는 왜 살지? 꽃도 못 보며 이게 사는 건가?' 하는 인생에 대한 회한이 닥친다. 만족스러운 꽃놀이를 마치고 나서야 '아, 나는 즐기며 살아가고 있구나' 하는 기쁨이 생기는 것이다.

겨울에서 봄까지는 자연을 관찰하기가 오히려 쉽다. 나뭇가지가 비어 있기 때문에 새도 잘 보이고 꽃봉오리가 올라오거나 새싹이 돋는 것에도 하나하나 집중할 수 있다. 그러나 일단 꽃이 연달

이 순간이 영원했으면...

0409 벚나무들

아 피기 시작하고 4, 5월이 되면 모든 곳에 자연이 꽉 들어찬다. 사소한 것들에 집중하며 계절 변화에 촉각을 곤두세우기 어렵다. 초조한 내 마음을 아는지 모르는지 봄은 사정을 봐주지 않고 부리나케 들이닥치고 있다.

물푸레나무!

2월 23일에 봤던 껍질이 벗겨지는 나무의 정체가 드디어 밝혀졌다! 오늘 모호연과 같이 월드컵공원에 갔는데 연못가에 신사근린공원에 있는 것과 똑같은 나무들이 있었다. 수피가 벗겨지는 형태도 마치 테이프로 붙였다가 뗀 것처럼 가로 방향이었다. 허둥지둥 가까이 갔더니 나무에 이름표가 있었다. 두근두근하며 확인한 그 이름은 '물푸레나무'였다! 이럴 수가, 물푸레나무구나! 물푸레나무! 도감이며 인터넷이며 아무리 뒤져도 못 찾았는데! 평생 궁금해 할 뻔했는데 이렇게 알게 돼서 너무 짜릿하다.

　물푸레나무는 가지를 물에 넣으면 물이 푸르게 변한다고 물푸레나무라고 불린다. 20미터 이상 크게 자라고 나뭇결도 좋아 옛날부터 목재로 많이 쓰였다고 한다. 나무 껍질은 약재로도 쓰이는 모양이다. 물푸레나무! 이토록 어렵게 알았으니 평생 잊을 수 없겠다.

나무를 찾을 때는 각기 다른 출판사에서 나온 도감 두 개를 교차해 찾아본다. 일단 내가 아는 나무 중에서 찾는 나무와 비슷한 것을 찾아 같은 과의 나무들을 쭉 훑어본다. 같은 과의 나무들을 비교하며 나뭇잎의 모양, 수피의 방향, 열매의 모양, 꽃의 모양 등이 일치하는 것을 찾아내면 된다. 도저히 찾기 어려울 때는 '네이처링' 앱에 사진을 올려 물어보자. 네이처링은 공신력 있는 자연 관찰 앱으로 생물학자들이나 전문가들이 답변을 달아주는 경우도 많다.

토종 민들레

신사근린공원과 불광천에는 보기 힘든 토종 민들레가 가끔 핀다. 흔히 보이는 서양 민들레와 처음엔 구분하기 어려운데, 토종의 경우 꽃받침이 없고 꽃잎도 작다. 서양 민들레에 비해서 키도 작은 편이고 봄에만 핀다. 서양 민들레는 자가수분이 가능한 반면, 토종 민들레는 다른 꽃의 꽃가루를 받아야만 번식이 가능해 개체 수가 매우 적다고 한다. 가끔 정말 드물게 보이는 흰민들레 역시 100퍼센트 토종 민들레다. 서양 민들레도 소중한 존재이니 차별하는 것은 아니지만 흔히 볼 수 없는 식물에 더 열광하는 것이 자연 관찰러로서는 당연한 일이다. 작년에는 신사근린공원에 핀 흰민들레의 홀씨를 불광천에 가서 후후 분 적도 있다. 씨 한 알 한 알이 소중한 꽃이다.

토종민들레　서양민들레

← 꽃받침이 젖혀져 있음

0412
토종 민들레

고양이 단비

신사근린공원에는 검은 길고양이 단비가 산다. 재작년에 이사 오고 나서 공원 전망대에서 처음 봤는데 '단비'라는 이름표를 달고 있어 누가 잃어버린 고양이인줄 알았다. 알고 보니 공원에 사는 길고양이인데 주민들이 이름도 붙여주고 돌봐준다고 한다. 처음 만난 사람도 만질 수 있을 정도로 사람에게 경계심이 없고 애교가 많다.

　공원에 있는 연못 근처에서 단비가 몸을 부르르 떨며 오줌을 누더니 "냐" 하면서 나에게 왔다. 단비는 꼭 말을 하면서 다가온다. 다가가니 앞으로 가면서 또 "냐" 한다. 자기 집으로 따라오라는 것이다. "냐" 하고 조금 가서 뒤돌아보고, 또 "냐" 하면서 조금 가서 뒤돌아보며 따라오기를 기다린다. 좋아하는 장소가 몇 군데 있어서 사람이 그 장소에서 만져주기를 원하는 것 같다. 단비 집으로 초대를 받아 실컷 쓰다듬어 주었다. 단비도 이제 나이가 많은지 검은 털 사이로 흰 털이 빼곡하다. "아이 이뻐"에 단비가 "냐" 하고 대답한다.

꽃의 봉산

와, 2주일 만에 봉산에 갔는데 입구 풍경이 완전히 달라졌다. 사람들이 쓰레기를 버리고, 벌레까지 득실대던 칙칙한 골짜기가 순식간에 보랏빛 꽃밭이 되었다. 산책로가 아닌 데다 발길이 닿기엔 위험한 언덕이라 구청에서도 무엇을 심거나 관리하지 않는 곳인데 꽃으로 뒤덮이고 나니 뜻밖의 선물을 받은 기분이다.

대체 씨앗이 어디에서 날아온 걸까?

화사한 보랏빛이 봄바람에 하늘거린다. 이름을 모르는 작은 풀이지만 그 덕분에 세상이 전부 아름다워 보인다. 봄은 이렇게 초라한 곳까지 공평하게 밝게 비추는 마법이다.

0418 봉산

0427
불광천 흰오리

고양이만
피하면
살지

흰오리여?

호오...응

집오리여.
집오리.

불광천에 흰 오리 등장

이럴 수가, 이럴 수가! 불광천에 새끼 집오리 삼남매(?)가 갑자기 나타났다! 사람들이 서서 스트레칭을 하는 작은 다리 아래에 세 마리가 몸을 겹치고 체온을 나누고 있다. 야생 오리 새끼는 절대 아닌 것이, 크기가 벌써 1년생 청둥오리만 하다. 몸은 노란빛을 띠는 흰색이고, 부리는 샛노랗다. 진흙에 앉아 있는데도 꼬질꼬질하지 않고 털이 환하다. 아직 추운지 셋이서 어떻게든 서로 몸을 비비려고 난리다.

　보고 있으니 구경꾼이 끝없이 몰려들며 한마디씩 한다. "흰 오리가 있네?", "집오리여, 집오리", "고양이만 피하면 살겠어." 역시 어르신들은 바로 종을 구분해낸다. 들은 정보를 종합해 보니 며칠 전에 누가 차를 타고 와서 새끼 오리 세 마리를 불광천에 버리고 갔다고 한다. 그 말을 한 사람도 직접 본 것은 아닌 것 같아 완전히 믿을 수는 없지만 사람이 유기한 것만은 사실일 것이다. 세 녀석이 어떻게든 서로 의지하며 살아낼 것인가? 아이들이 불쌍하고 유기한 놈에게 화가 나는 동시에 엄청난 호기심에 휩싸인다. 앞으로 불광천에 나오는 이유가 하나 추가될 것 같다.

0428 장끼와 까투리

새들의 사랑

신사근린공원에서 꿩 부부를 봤다! 가끔 우렁차게 "꿩!!" 하는 소리에 꿩이 있다는 것은 알고 있었다. 작년 여름에는 인적이 드문 곳에서 잠깐 마주치기도 했다. 그런데 사람이 다니는 산책로 주변까지 꿩이 내려온 것은 처음이다.

　오늘 마침 망원경을 가지고 나가서 엄청 자세히 볼 수 있었다. 장끼(수컷)가 앞장서고 까투리(암컷)가 뒤에서 따라가며 먹이를 찾고 있었다. 풀 밟는 소리가 부스럭부스럭 들린다. 하염없이 긴 꼬리하며 화려한 머리하며 수컷의 생김새는 정말 눈이 즐겁다. 저 꼬리깃털 하나만 가질 수 있으면 얼마나 좋을까…. 희망을 품고 꿩이 간 길을 따라가 봤지만 그리 쉽게 주울 수 있을 리가 없다.

　그런데 오늘은 횡재하는 날인가? 꿩 부부를 보고 공원 출구로 나가는데, 커다란 나무 위에서 멧비둘기 부부가 꽁냥대는 모습이 보인다. 수컷이 암컷에게 부리로 계속 뽀뽀를 하면서 퍼덕퍼덕 날갯짓하더니, 암컷에게 올라타 제법 오래 짝짓기를 했다. 심지어 이후에 한번 더 올라타기까지 했다.

공원에서 나가 역으로 가는데 아까 봤던 멧비둘기 암컷이 날아와 전깃줄에 앉았다. 그러자 근처에 앉아 있던 수컷 멧비둘기가 갑자기 가슴을 부풀리더니 건들거리며 암컷에게 다가갔다. 정말로 "헤이~ 아가씨?" 그 자체였다. 그때 갑자기 원래 남편 멧비둘기가 부웅 날아와서는 푸드덕하면서 암컷을 몰더니 함께 날아갔다.

불광천에 가자 이번엔 청둥오리 부부들이 신혼비행에 여념이

없다. 봄은 정말 사랑과 번식의 계절인가 보다. 청둥오리가 신혼 비행 하는 것을 보면 거의 대부분 암컷이 먼저 날아오르고, 수컷이 뒤를 따른다. 날아가는 방향, 속도, 커브까지 똑같이 조정하며 날아다니다 물에 착륙한다. 모호연과 나는 이 비행을 '염병첨병 비행'이라 부르고 있다.

　이날 너무 많은 것을 본 나머지 돌아오는 길에 모호연이 기진맥진했다. "돌아오는 길에는 자연 관찰 안 했으면 좋겠어…." 조심스럽게 꺼낸 말에 미안한 마음이 들었다. ADHD의 무한 호기심을 견딜 사람은 없다. 생각해 보니 "오오, 저기 봐봐!", "저건 뭐지?"를 1분에 한 번씩 한 것 같다. 내가 모호연이라도 지치고 힘들 수밖에 없을 것이다. 입을 다물고 숙연하게 집으로 돌아갔다. 그런 와중에도 모호연은 "저기 꿩이 있어" 하고 알려주었다. 어휴, 불쌍하고 다정한 녀석.

5월

	日	月	火
	1 히말라야 시다	2 부산의 식생	3 곾 히비스커스
	8 쿨쿨	9 쿨쿨	10 개미굴
	15 ??	16 꿀벌의 죽음	17 오디 열림
	22 에어콘 개시	23 온전한 까치 깃털	24 마트의 꽃
	29 새싹	30 장끼의 뒷모습	31 수레국화

水	水	金	土
괌 4 스콜과 노을	괌 5 파란 불가사리	괌 6 에메랄드 바다	7 비행기와 하늘
11 아카시아 만개	집오리 12 삼남매	잡초는 13 어디에나	14 월드컵 경기장
18 오동 나무	19 고양이 똥	20 찔레꽃	21 3 산 책
25 빙수 개시	26 바뀐 풍경	27 모란 열매	28 은행나무

솔레다드 요새 언덕으로
올라가니 손바닥만 한
빨간 히비스커스가 잔뜩
떨어져
있었다.

팜의 날씨는 엄청나게
변화무쌍하다.

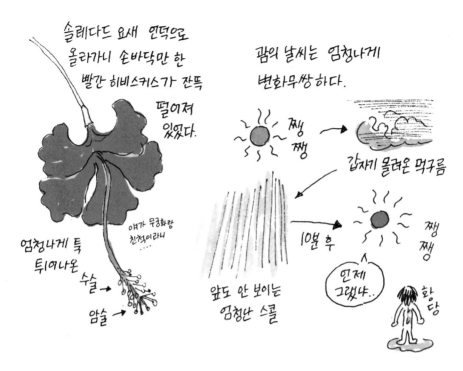

쨍
쨍

갑자기 몰려온 먹구름

얘가 무궁화랑
친척이라니....

엄청나게 특
튀어나온
수술 →

암술 →

앞도 안 보이는
엄청난 스콜

10분 후

쨍
쨍

언제
그랬냐..

황
당

팜에서 가장 아름다운 건 노을이다..!

해가 지고 나서도 한참 동안 빛이 바다 속에 머무른다.

먼 바다에서
쏟아지는 스콜이
많은 수증기를
만들면서
색을 계속
바꾼있다.
언제까지고
바라볼 수 있는
풍경이있다.

수개미

여왕개미

일개미

오늘이 그날인가..-!

호오..

0510 신사동

개미의 혼인비행

버스정류장으로 가는 길 보도블럭 사이에서 평소와 다른 개미들이 바글대는 모습을 봤다. 일반적인 개미보다 훨씬 크고 커다란 날개도 달린 개미가 몇 마리나 있었다. 날개 달린 개미들 사이에서도 유독 더 큰 개미가 있는데 이게 여왕개미일까? 개미들의 혼인비행에 대해 말만 들어봤지 오늘이 그날일 줄은 몰랐네.

한참을 기다리며 지켜봤지만 날아오를 기미는 아직 없다. 여왕개미가 먼저 날아오르고 수개미 수십 마리가 따라 올라가서 공중에서 짝짓기하는 장관을 볼 수 있나 했더니.(생각해 보니 내가 드론이 아닌 이상 관찰은 어렵겠다.) 하루 뒤에 다시 가보니 희한하게도 두 개미굴에는 아무도 없고 구멍만 뻥 뚫려 있었다. 다들 새로운 곳에서 새롭게 시작하나 보다.

개미굴에서는 여왕개미 한 마리만 알을 낳고, 우리가 흔히 보는 일개미는 모두 불임인 암컷이다. 일개미가 애지중지 길러낸 여왕개미와 수개미는 충분히 성숙하면 한날 한시에 모두 굴 밖으로 나가 혼인비행을 한다. 이들은 일제히 날아올라 공중에서 짝짓기를 하는데, 이때 여왕개미 한 마리가 여러 수개미들의 많은 정자를 받게 된다. 수개미는 혼인비행이 끝난 후 땅에 떨어져 대부분 바로 죽고, 여왕개미는 굴을 파고 새로운 왕국을 만들게 된다. 이때 여왕개미가 가장 먼저 하는 일이 이제 필요 없어진 날개를 떼어내서 먹어버리는 일이다. 그 후 여왕개미는 평생 알을 낳으며 자신의 왕국을 일군다.

0512 집오리 삼 남 매

집오리 삼남매

으아앗! 4월 27일에 처음 봤던 집오리 삼남매를 오늘 불광천에서 다시 만났다!!! 바로 다음 날 다시 가봤을 때 눈에 띄지 않아 이대로 찾지 못하는 건가 싶었는데 상암 월드컵경기장까지 가서 살고 있었구나. 처음 본 장소에서 사람 걸음으로 10분 이상 떨어진 곳이다. 쪼그만 것들이 헤엄을 쳐서 자기 살 곳을 찾아왔다는 것이 너무 대견하고 귀엽다.

셋 다 건강해 보이고 벌써 많이 컸다! 초록빛 풀숲 가운데 하얀 오리 세 마리가 눈에 확 띄었다. 아직 3개월도 안 됐을 텐데 벌써 일 년생 청둥오리만큼 덩치가 크다. 돌봐주는 어른 오리도 없는데 무사히 살아남았다니 너무 기쁘다. 셋은 그루밍을 한참 하다가 똑같이 물에 들어가 열심히 물이끼를 먹었다. 그러더니 또 셋이 똑같이 뭍으로 올라와 털을 다듬었다. 저렇게 함께 움직이고 서로의 행동을 모방하는 게 생존에 도움이 되는 거겠지?

집오리는 원래 야생 청둥오리를 개량해서 만들었다고 한다. 청둥오리보다 보통 1.3배 이상 크고, 몸이 무거워서 날지 못한다. 집오리와 청둥오리는 같이 무리를 형성하기도 하고, 짝짓기로 잡종을 낳기도 한다. 집오리와 청둥오리의 잡종은 보통 몸집이 크고 무늬가 다양하게 나타난다. 불광천, 홍제천 등 도시 하천에서도 종종 볼 수 있다.

어느새

월드컵경기장 버스 정류장에서 버스를 기다리다 어느 순간
내가 지금 보이는 모든 나무의 이름을 안다는 것을 알아차렸다.

꿀벌의 죽음

O516
신사동

낑낑

요즘 개미의 움직임이 유독 눈에 띈다. 따가운 햇빛 아래 까만 점들이 부산하게 움직인다. 빌라 현관 앞에서 꿀벌의 시체를 혼자 옮기는 개미를 보았다. 꿀벌이 지쳐 땅에 떨어졌을 때 꿀을 먹이면 다시 기운을 차리는 경우도 있다고 해서 혹시나 하고 자세히 봤는데, 이미 죽어 몸이 말라 있었다. 작은 개미가 더듬이 하나를 물고 잡아당기자 꿀벌은 쓱 끌려갔다. 꿀벌은 개미들에겐 일종의 설탕절임 같은 맛일까?

얼마 전 수개미들이 비행을 준비하던 개미굴은 텅 비었고, 그 부근의 다른 개미굴들이 북적거리고 있다. 매일 주변의 세상이 변하고 있다.

0520
찔레 꽃

찔레꽃

불광천을 따라 난지 한강공원까지 걸었다. 산책로에서 벗어나 아무도 볼 수 없을 것 같은 구석에 찔레꽃이 활짝 피어 있었다. 1월에 봉산에서 찔레나무를 봤을 때만 해도 마른 열매나 몇 개 달려 있을 뿐 잎 하나 없었는데 말이다.

　찔레는 여러 꽃이 모여 공처럼 둥글게 핀다. 다섯 개의 꽃잎은 이보다 더 하얄 수 없을 듯한 백색이다. 이런 게 한두 송이도 아니고 다 셀 수도 없을 만큼 가득 피어 있다. 아무리 봐도 질리지 않는다. 이걸 두고 집에 가야 하다니. 찔레꽃 하나로도 벅찬데 세상엔 볼 게 너무 많다.

0520
홍제천의 청둥오리 가족

홍제천의 청둥오리 가족

으아아아아앗! 홍제천과 불광천이 만나는 지점에서 정말 많은 청둥오리 새끼를 봤다. 아니, 대체 부화율이 얼마나 높은 거야. 보통 새는 둥지당 알 대여섯 개를 낳는 것으로 알고 있었는데 불광천, 홍제천 녀석들은 기본으로 새끼를 열 마리씩 데리고 다닌다. 먹고 살 만한가 본데!

　새끼들은 그 짧은 다리로 제법 헤엄을 잘 친다. 엄마가 이쪽에 가서 애들을 풀어놓으면 모두 열심히 물이끼를 먹고 다 먹었다 싶으면 또 저쪽으로 헤엄쳐 간다. 엄마가 이동하는 대로 새끼들은 그 뒤를 졸졸 따라다닌다. 가끔은 엄마보다 더 앞질러 가는 녀석도 있고, 뒤처져서 계속 먹고 있는 녀석도 있다. 너무 귀엽다. 정말 미치게 귀엽다. 온 마음이 사랑으로 가득 찬다.

마트의 꽃

홈플러스에서 식용화라는 것을 사봤다. 샐러드나 비빔밥 등에 넣어 먹을 수 있는 꽃이다. 이런 제품이 있다는 사실은 진작 알고 있었지만 후덜덜한 가격이라 눈길을 주지 않았었다. 오늘은 70퍼센트 세일을 해서 750원이길래 장바구니에 얼른 집어넣었다. 팬지와 패랭이꽃이 주로 들어 있다. 차마 이 꽃들을 먹을 수는 없어서 책 사이에 고이 끼워놓았다. 750원에 압화가 열 개 생긴다니 개이득이지.

먹을 수 있는 꽃은 생각보다 많다. 우리가 데쳐서 초장에 찍어 먹는 브로콜리도 꽃봉오리다. 유럽에서 많이 먹는 아티쵸크도 엉컹퀴과의 꽃이다. 진달래꽃은 다들 알다시피 화전으로 만들어 먹을 수 있다.(물론 별맛은 없고 밀가루 맛이다.) 그 외에 국화, 아카시아꽃, 장미, 살구꽃, 매화, 복숭아꽃, 호박꽃도 먹을 수 있다고 한다! 단 꽃가루에는 독성이 있을 수 있기 때문에 꽃잎만 먹어야 한다.

05 27
운현궁 모란

운현궁 모란

안국역 근처에서 친구와 만나기로 했는데 너무 일찍 도착해 운현궁을 한 바퀴 돌았다. 구한말 흥선대원군의 거처였던 운현궁은 10분이면 다 둘러볼 수 있다. 입장료도 없어서 관광을 하려는 사람보다 인근 직장인들이 음료수를 사 들고 잠시 쉬었다 가려고 많이 온다.

예로부터 궁궐에는 모란을 많이 심었다고 한다. 화려하고 아름답고, 부귀영화를 상징하는 꽃이라 그런 것 같다. 특히 운현궁에 모란이 많아서 매년 모란이 필 때면 운현궁이 떠오르는데 올해는 오지 못했다. 이미 꽃은 다 지고 열매가 맺혀 있었다. 모란 열매는 처음 본다. 터질 듯이 빵빵한 카키색 주머니가 다섯 개 있고 황금색 털이 빼곡하게 주머니를 덮고 있다. 꽃만큼 열매도 크고 압도적이다. 지금 이 열매를 따서 채취할 수는 없으니 나중에 바닥에 떨어진 씨앗을 주우러 다시 와야겠다.

모란이 지고 말면 그뿐,
내 한 해는 다 가고 말아
삼백예순날 하냥 섭섭해 우웁니다.
　　　　　feat 김영랑

6월

	5 산딸나무	6 맑음	7 플 뜯는 고양이
	12 접시꽃	13 경주	14 엄청난 파도
	19 싱물포카	20 산수국?	21 오리!! 오리!
	26 ㅋㅋㄱ	27 오리 걱정	28 비… 비…

水	木	金	土
1 자벌레	2 공중의 싸움	3 꽃다발	4 고양이가 씹은 쑥바귀
8 무당벌레	9 새로 나는 은행나무	10 개미와 사탕	11 소나무 새싹
15 체리(경주기념품)	16 고양이는 이동하지 않는다	17 은행나무의 수피	18 외면당한 사탕
22 꽃 노각나무	23 행성정렬 못 봤다..	24 살구	25 나물 다듬는 사람
29 비····· 초파리 창궐..	30 너무 많은 비		

자벌레

근린공원 벤치에 앉아 아이스크림을 먹고 있는데 머리 위로 나뭇가지 같은 것이 달랑거린다. 처음엔 긴가민가 했는데 자세히 보니 허공에 거미줄 같은 가는 실이 드리워져 있고 그 끝에 아주 작은 자벌레가 매달려 있다. 보면서도 확신이 안 가서 손으로 톡 건드리자 자벌레가 매달린 줄이 뱅뱅 돌아가고 그사이 모양을 바꿨다. 아까는 ㄱ 모양이었는데 흘려 쓴 ㄹ 모양이 되었다. 다시 건드리니 이번엔 ㄴ으로 변했다. 이렇게 애를 쓰는데, 성의를 봐서라도 속아줘야 할 것 같다.

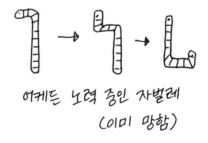

어케든 노력 중인 자벌레
(이미 망함)

멀리까지 가서
쓰레기 버리는 녀석

0601
개미쿨

두 발자국 가서 버리는 녀석.

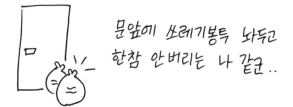

문앞에 쓰레기봉투 놔두고
한참 안 버리는 나 같군..

개미들의 굴 파기

열심히 굴을 파는 개미들을 봤다. 어떤 애는 엄청나게 큰 돌을 굴 안에서 지고 나와 저 멀리 가져다 놓고, 어떤 애는 지푸라기 하나를 가지고 나와 입구에서 좀 떨어진 곳에 버린다. 또 어떤 녀석은 정말 작은 모래알 하나를 가지고 나와서는 입구 옆에 대강 얹어 놓는다. 누군가 대신 치우기를 기대하는 모양이다.

　개미를 생각하면 보통 하나의 거대한 집단을 떠올리게 되는데, 개미 한 마리 한 마리의 성격이 다르고 일하는 방식도 다르다는 게 신기하다. 다행스럽게도 어떤 녀석이 입구에 모인 쓰레기들이 굴 안으로 다시 굴러 들어가지 않도록 하나씩 옮기고 있었다. 저런 녀석이 있어 개미 사회도 인간 사회도 굴러가는 거겠지.

06 09
은평터널로 은행나무

은평터널로 은행나무

은평터널로 내리막길에 있는 은행나무 아래에 새로운 나무가 자라나고 있다.(전문용어로 맹아묘) 나무는 먹고살기 힘들면 저렇게 도플갱어를 만든다던데 그런 걸까? 햇빛도 잘 들고 딱히 뭔가 부족해 보이진 않는데 아스팔트 아래로 뿌리를 내려야 하는 은행나무 입장은 또 다른가 보다. 사람으로 치면 본업이 잘 안 풀릴 때 뭔가 부업을 찾아보려 하는 것과 비슷한 것 같다.

약간 다들 지맘대로 생겼음

은행나무 묘 애님 몰랐을 듯

레몬옐로 + 애플그린

개미와 사탕

요즘 바빠서 통 밖에 나가지 못했다. 출퇴근을 하면 아침저녁으로 오가며 잠깐이라도 자연과 만날 텐데, 집에서 일을 하니 나가려면 큰맘을 먹어야 한다. 일러스트 작업에 열중하다 보니 어느새 오후 6시다. 좀 애매한 시간이었지만 꾸역꾸역 나갔다. 집을 나선 지 5분밖에 안 되었는데 볼거리가 많다. 마을 정자에서 개미를 구경하다 사탕 하나를 근처에 놓았다. 어릴 때 자주 하던 짓이다.(개미집에 물도 많이 부었지만 그건 잊어버리기로 하자.) 사탕 주변으로 개미가 오길래 드디어 발견했나 싶었는데 쌩하니 스쳐 지나간다. 아무도 사탕에 관심이 없다. 이놈들아, 미국에서 온 유기농 사탕이라고!

　다음 날 그 장소에 다시 가봤다. 대박. 어제 분명 아무도 없었던 사탕에 개미들이 빠글빠글 몰려들었다! 개미들은 모래 알갱이를 잔뜩 가져와 사탕 위에 빼곡히 덮어놓았다.(불룩 솟은 부분에 손을 대보니 진득한 사탕즙이 묻어나는 것으로 보아 안에 사탕이 있는 것이 분명하다.) 사탕을 옮길 수 없어 아예 여기다 기지를 차린 건가? 밑에 굴을 파놓았는지 큰 개미들이 계속 왔다 갔다 하고 있다. 여기서 충분히 사탕물을 먹고 집에 돌아가 동료들에게 나눠 주는 걸까? 아니면 모래 알갱이에 사탕즙을 묻혀서 가지고 들어가는 걸까? 궁금하지만 개미들에게 물어볼 수 없으니 답답하다.

0610 개미

 책을 찾아보니 개미들은 자기 혼자 먹을 수 없는 먹이를 발견하면 동원 페로몬을 발산해(집합! 여기 먹을 거 있어!) 동료를 끌어들인다고 한다. 또한 개미들은 혼자만의 위와 사회성 위가 따로 있어서 먹이를 먹을 때 혼자 먹을지, 동료에게 나눠 줄지를 결정한다고. 사회성 위에 먹이를 보관하면 굴에 돌아와 동료들에게 먹이를 토해서 먹여준다니 너무 놀랍다. 아마 내가 준 사탕도 사회성 위로 들어가 동료 개미들에게 전해졌겠지?

0616 고양이

고양이는 이동하지 않는다

1월 11일에 등장했던, 카페에서 돌봐주던 그 고양이다. 카페는 원래 자리에서 100미터 정도 떨어진 곳으로 이전해 이미 새로 문을 열었다.

고양이들이 따라갈까 따라가지 않을까 궁금했었는데 그 자리 그대로다. 단 한 발자국도 움직이지 않았다. 역시 고양이는 영역 동물이었다. 카페 주인아저씨가 계속 밥을 주러 오는 모양인지 그릇은 사료로 가득 차 있다. 멧비둘기가 사료를 훔쳐 먹으러 왔지만 고양이는 멧비둘기를 가만히 내버려둔다. 역시 곳간에서 인심 나는 게 맞다.

파닥

파닥

0616 새끼 흰뺨검둥오리

미친 …
너무 귀여워 …

새끼 흰뺨검둥오리

불광천 오리들은 아무도 자신들을 해치지 않는다는 확신이 있는
지 사람을 별로 두려워하지 않는다. 징검다리 근처에 어미 흰뺨검
둥오리가 새끼들을 데리고 정말 가까운 데까지 와서 처음으로 자
세히 봤다. 새끼가 바위에 올라가 엄마처럼 날갯짓을 하는데 날개
가 몸의 반도 안 된다! ㅠㅠ 저도 새라고 날갯짓을 하려고 해보지
만 아직 덜 자라서 바둥바둥할 뿐이다. 너무 하찮다…. 지나치게
귀여워서 정신이 다 아찔할 지경이다. 오리를 보다가 쓰러져서 불
광천에 둥둥 떠내려가는 사람이 있다면 그게 바로 나일 것이다.

청둥오리 암컷과 흰뺨검둥오리는 크기나 색이 비슷하게 생겨서 헷갈리기 쉽다.(흰
뺨검둥오리는 암수의 외모가 거의 똑같다.) 하지만 자꾸 보다 보면 구분이 되는데,
일단 부리 색을 보면 된다. 흰뺨검둥오리는 부리가 전체적으로 검고 부리 끝이 노
랗다. 마치 부리를 노란색 물감에 콕 찍은 것처럼 선이 또렷하다. 청둥오리 암컷의
부리는 전체적으로 노랗고 윗부분에만 검은 얼룩이 있다. 콧잔등에 검댕이 묻은
느낌이다. 또 얼굴도 갈색 계열인 청둥오리와 다르게 흰뺨검둥오리는 뺨 부분이
베이지색에 가까운 하얀색이고 목 부분까지 밝은 톤이다.

0621 불광천 집오리 삼남매

오리인가 거위인가

으아아앗! 집오리 삼남매를 다시 만났다!! 지난 5월 12일에 마지막으로 보았던 위치에서 멀지 않은 곳에 세 마리가 모두 있었다. 집오리가 크는 속도는 청둥오리보다 훨씬 빠른 것 같다. 겨우 40일 만에 성체가 다 되었다. 짱 크고 짱 희고 짱 예쁘다! 처음 나타날 때만 해도 과연 이곳에 적응할 수 있을지 의문이었는데 세 마리 중 누구도 죽지 않고 살아 있다니 너무 감격스럽다.

　그런데 덩치가 너무 커서 오리가 아니라 거위가 아닐까 의심이 들었다. 옆에서 보던 모호연은 당연히 오리라고 하고, 나는 거위일 수도 있지 않으냐고 우겼다. 한참 내가 맞다 네가 틀렸다 주고받다가 모호연이 "난 오리였으면 좋겠어"라고 하는 말에 둘 다 웃음이 터져서 또 한참 웃었다. 그러고 보니 나도 은연중에 거위였으면 좋겠다는 바람을 말한 것일까? 여기서 더 커지면, 또 그만큼 더 사랑스러울 테니까. 불광천 집오리 삼남매가 영원히 헤어지지 않고 그 자리에 있었으면 좋겠다.

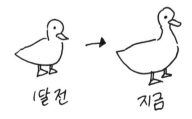

1달 전　→　지금

0624 살구

살구

동네 과일가게에 살구가 나왔다. 딱 제철 과일만 가져다 저렴하게 팔아서 이곳에 올 때마다 계절을 실감한다.

작년 이맘때쯤엔 신사근린공원에 살구가 주렁주렁 열려서 살구를 주우러 다니기 바빴다. 익어서 떨어진 열매를 주워다가 실컷 먹고 살구잼도 두 병이나 만들었는데 올해는 나뭇가지에 달린 살구를 찾아보기가 어렵다. 자연에서는 열매가 2년 주기로 열리는 경우가 많다고 하던데 그래서 그런 걸까? 아니면 올해 가뭄이 극심해서 그런 걸까?

누군가 애를 써서 농사를 지은 정성 때문인지 아무래도 사먹는 쪽이 통통하고 달큼한 게 더 맛있기는 하다.

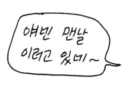

0627 불광천 집오리 삼남매

오리 걱정

불광천 집오리 삼남매가 걱정이다. 오늘 보니 너무 인간 가까운 곳으로 왔다. 하루에도 수많은 사람과 강아지들이 오가는 산책로 옆에 오리 세 마리가 딱 붙어 앉아 있다. 바로 앞에는 개 사료며 상추며 양파링이며 먹을 것이 잔뜩 뿌려져 있다. 내가 보고 있는 동안에도 몇몇 사람들이 와서 "얘넨 맨날 이러고 있네"라면서 가져온 빵을 뜯어 뿌려주고 갔다.

　인간인 내 입장에서야 예쁜 오리들을 가까이 봐서 좋고 애들이 굶어 죽을 일이 없어 안심이기는 한데, 한편으로는 야생에 머물러야 할 아이들이 지나치게 사람 손을 타게 될까 걱정이다. 그러지 않아도 얼마 전 새끼 오리들이 동물 학대자가 던진 돌에 맞아 죽은 사건이 있었다. 미친 놈들은 이 주변에도 있을지 모른다. 오리가 보여도 걱정이라니. 마음이 말랑말랑했다가도 금방 쓸쓸해졌다.

7월

	日	月	火
	3 러브버그의 습격	4 은평구를 습격한 러브버그!	5 Eww
	10 백일홍	11 첫 고추잠자리	12 담쟁이 넝쿨
	17 바질 피자	18	19 옥상 위의 나무
	24 나가고 싶다	25 나무 베기	26 호박잎 따는 노인
	31 ㄹㄹ		

July

水	木	金	土
		구름 1	대왕참나무 그늘막 2
집오리 삼남매 6	인대 파열 7	ㅋㄹㅋ 8	은행나무 9
13	노을 14	ㅋㄹㅋ 15	매미 허물 16
ㅋㄹㅋ 20	참나리 21	창 밖의 자연 22	은행나무에 묶인 은행잎 모양 태그 23
27	거미줄 28	나가고싶다… 29	배추흰나비의 탈출 30

사랑벌레의 습격

아침에 길드로잉 강의에 가려고 버스를 기다리는데 작년 여름에 산에서 본 짝짓기하는 벌레가 온 사방에 날아다닌다! 날아드는 것들을 겨우 털어내고 버스에 탔더니 앞에 앉은 아주머니 다리에도 붙어 있고 달리는 버스 유리창에도 온통 몸이 결합된 벌레들이 붙어 있다. 급하게 '짝짓기하는 벌레'라고 검색하자 '러브버그' 혹은

0702 사랑벌레의 습격

'사랑벌레'라는 이름이 나온다. 파리의 일종인데 암수가 짝짓기하는 상태로 날아다니며 72시간 동안 섹스를 한다고 한다. 크기가 작아서 망정이지 다른 생명체가 그런다고 생각하면 극도로 혐오스럽다.

두 마리가 꽁무니를 맞붙이고 비행을 하는데 허우적거리는 인간 따위는 조금도 무서워하지 않아서(짝짓기하느라 신났는데 무서울 게 뭐가 있겠어) 얼굴이고 몸이고 날아들어 붙는다. 나는 걸어다니는 침대가 아니란 말이다! 뉴스를 보니 고양시와 은평구에 러브버그가 이상 번식해 난리가 났다고 한다. 재작년에는 대벌레, 작년에는 꽃매미가 이상 번식하더니…. 은평구는 번식하기에 좋은 동네인가? 러브버그를 겪어보니 집에 날아다니는 초파리들이 양반으로 보인다.

털파리과의 일종인 러브버그는 다행히 환경에 해가 되지는 않는다고 한다.(그래도 징그럽다.) 짝짓기 하는 상태로 날아다니는 것은 수컷이 암컷이 다른 수컷과 짝짓기를 못 하도록 살아 있는 마개가 되는 것이라고 한다.(갑자기 더 징그러워졌다.) 수컷은 짝짓기가 끝나면 바로 죽는다.

0702 신촌 오거리 대왕참나무 그늘

대왕참나무 그늘

은평구에서 벗어나자 다행히 러브버그의 습격이 그쳤다. 신촌 오거리 건널목에는 신기한 그늘막이 있다. 대왕참나무 두 그루를 이어서 살아 있는 그늘막으로 만든 것이다. 나무들이 이 자리에 온 것은 작년인데, 그때보다 훨씬 무성해졌다.

나무 아래에 서서 위를 올려다보면 곧은 나무 기둥에서 뻗어난 가지들을 철골 구조에 고정한 모습이 보인다. 건널목에 설치된 거대 파라솔도 좋지만 살아 있는 그늘은 차원이 다르다. 산소를 내뿜고 미세먼지를 빨아들이고, 강풍에도 접을 필요가 없다. 파라솔과 달리 철거할 때도 환경을 오염시키지 않을 것이다. 대왕참나무 그늘이 부디 전국적으로 퍼져나갔으면 좋겠다.

0711
첫 고추잠자리

힘내라, 잠자리야!
러브버그를 처치해!!

첫 고추잠자리

올해 첫 고추잠자리를 봤다. 힘내라, 고추잠자리야! 러브버그를 처치해! 한 입도 안 된다!

　　그런데 우리가 아는 빨간 고추잠자리는 모두 수컷이라고 한다. 원래는 노란색이나 주황색에 가까운 색인데, 번식 가능한 수컷만 꼬리만 빨개진다는 것이다. 앗, 그렇다면 잠자리도 지금 짝짓기하기에 바쁜 시즌이라는 것…? 그래도 잠자리는 러브버그처럼 이틀 내내 붙어 다니지는 않으니 사냥할 시간은 있을 것이다.(제발 그러길 바란다.)

우리가 흔히 보는 잠자리는 인간에게 엄청나게 이로운 존재다. 물속에 사는 유충 시절에는 모기의 유충인 장구벌레를 수도 없이 잡아먹고, 어른 잠자리가 되어서는 하루에 모기를 100마리 이상 잡아먹는다고 한다. 파리, 날파리, 깔따구 등 인간을 괴롭히는 날벌레들의 천적도 잠자리라고 하니 너무 고맙다.

포도같은
열매들

서울서신초등학교

백○서울유치원

0712
담쟁이넝쿨.

담쟁이넝쿨

가파른 내리막길을 내려오다가 깨진 보도블럭에 걸려 넘어지면서 발목을 심하게 삐끗했다. 처음엔 별일 아닌 줄 알았는데 점점 부어오르더니 몇 시간 뒤엔 걷기도 힘들어졌다. 절뚝거리며 정형외과에 가보니 발등 인대가 파열됐다고 한다. 무려 6주간이나 절대 안정을 취해야 한다. 여름이 절정이고 변화도 많아서 관찰할 게 태산인데 충격.

대신 일 때문에 잠깐 밖에 나올 때라도 악착같이 자연을 보고 있다. 사실 이제 자연 관찰하는 것이 습관이 돼서 안 보려고 해도 보인다. 풀 하나라도 변화하는 것을 지켜볼 것이야….

오늘은 담쟁이넝쿨에 포도 같은 열매가 알알이 열린 것을 봤다. 그러고 보니 잎도 포도와 비슷한 느낌이다. 책을 뒤져보니 둘은 같은 포도과가 맞다! 다음에는 담쟁이 열매를 한번 먹어볼까? 궁금하다.(흔한 ADHD의 호기심)

0714
노을

7월의 노을

여름은 늘 덥고 불쾌한 날들만 가득한 줄 알았다. 그런데 매일 기록하고 보니 생각보다 좋은 여름날도 많다. 햇빛은 내리쬐고 덥지만, 바람이 불고 끈적이지 않는 날도 꽤 있다.

　오늘이 그런 날이었다. 공기 중에 습도가 적어 노을도 너무 아름다웠다. 이런 날에 발을 다쳐서 나가지도 못한다니 통탄스럽다.

특따다다다 ——

0725
나무베기

나무 베기

갑자기 투다다다, 웨에에엥 하는 소리가 나 베란다로 가보니 빌라 동쪽 화단에 심겨 있던 나무들이 싹 사라졌다. 가죽나무, 사과나무, 단풍나무들이 꽤 많았는데 이렇게 허무하게 사라지는 것이 안타깝다. 나무 뿌리와 흙이 썩어 습기 때문에 건물이 위험할 수 있다고 한다. 어쩔 수 없겠지.

우리 베란다의 3분의 1을 가리던 중국단풍나무도 같은 운명을 맞았다.(프롤로그 맨 첫 장의 빌라 그림에 있는 큰 나무다.) 인부 아저씨는 서너 명인데, 전기톱은 한 대였다. 아저씨들은 "이 나무는 크고 좋은데 아까워", "그래도 안전한 게 좋아" 같은 대화를 나누며 5층 높이가 넘는 중국 단풍나무에 사다리를 세웠다. 한 분이 사다리에 올라 나무의 가지를 쳤다. 거의 기둥만 남았을 때 사다리에서 내려와 밑동을 베어 몸통을 쓰러뜨리는데, 건물 전체가 크게 울렸다. 나무들이 쓰러지니 오랫동안 해가 들지 않던 음지에 빛이 가득 찬 것이 보였다.

(이후로 우리 집 근처에서 러브버그가 많이 줄어든 것 같은데 관계가 있을까?)

배추흰나비의 탈출

국립중앙박물관에 갔다가 지하철 이촌역에 들어가는데 유리문 근처에서 배추흰나비가 어지럽게 날아다니는 것을 보았다. 잘못해서 실내로 들어와 버린 것 같은데 나가고 싶어도 나갈 수 없어 보였다. 내보내 주려고 유리문을 잡고 기다리자 신기하게도 나비가 모호연의 손등 위에 앉았다!

모호연이 조심스럽게 계단을 올라 햇빛이 비치는 바깥으로 나갔다. 함께 계단 끝에 이르렀을 때 나비는 한번 날갯짓을 하더니 손등에서 날아올랐다. 신기하다. 이 사람이 나를 해치지 않고 바깥으로 내보내줄 사람이라는 것을 어떻게 알았을까?

배추흰나비는 흰 날개에 작은 점이 있는 나비다. 애벌레 때 주로 배추를 먹어 배추흰나비라는 이름이 붙었다. 봄에서 여름까지 흔히 볼 수 있다. 아시아부터 유럽, 아프리카, 아메리카와 호주까지 전 세계에 정착해 살고 있다.

8월

		日	月	火
			ㅋㄹㅋ 1	비 2
		입추 7	선선 28℃! 8	ㅛ팔꽃 9
		ㅋㅋ 14	말복 15	측백나무 열매 16
		기차 안의 노을 21	동해 22	해송 23
		불광천 집오리 28	미루나무 29	비 30

August

水	木	金	土
여인초의 3 새 잎	복숭아 4	한낮의 5 새	터 무성해진 6 대왕참나무 그늘막
뻑에 붙은 10 미니 벌집	밤의 소리 11	거대한 풀 12	북한산 위의 13 구름
주걱비비추 17	양떼구름 18	모과나무 열매 19	ㅋㅋㅋ 20
회화나무 24	늦여름 25	구름 26	은행 27
ㅋ ㅋ 31			

0802 비

비

오늘은 비가 많이 온다.
미친 듯이 쏟아붓는 스콜이 아니라
주룩주룩 박자를 맞추어 내리는
리듬감 넘치는 여름의 비다.

한낮의 비둘기

죽을 만큼 더운 날이다. 잠시 걸었는데 바지까지 땀으로 다 젖어버렸다. 비둘기도 더워서 나무 그늘에만 모여 있다. 가까이 가도 미동조차 없다. 역시 한낮에는 나오지 않는 게 답이다.

밤의 소리

7월 이후 처음으로 밤에 에어컨을 끄고 창문을 열었다. 개구리 소리, 풀벌레 소리, 귀뚜라미 소리, 소쩍새 울음소리. 밤의 소리가 가득하다.

0811 밤의 소리

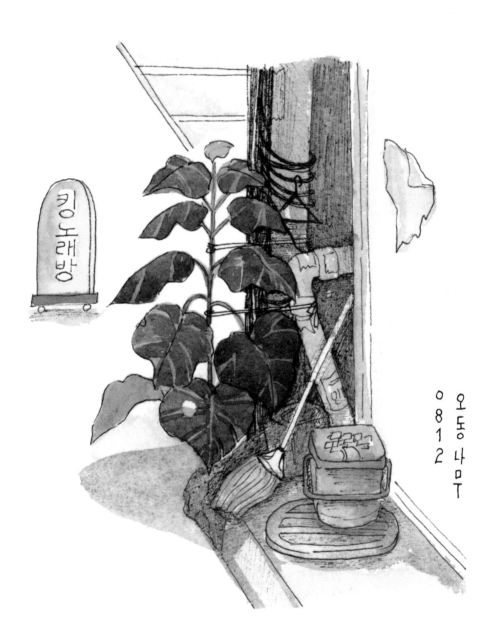

킹노래방

오늘 나무
0812

거대한 풀

가끔 길을 걷다 보면 말도 안 되게 거대한 사이즈의 풀이 있다. 부천 원미동의 공용주차장 돌 틈에서도, 성북동의 어느 주택 현관에서도, 오늘 갔던 생선구이 골목에서도 이 풀을 보았다. 사람 얼굴만 한 잎을 매달고 비좁은 틈에서도 쑥쑥 자란다. 흔하디흔한 잡초를 마법으로 뻥튀기해 놓은 것 같은 모습에 기가 찬다.

　이 녀석은 그냥 잡초가 아니라 무려 '오동나무'다. 오동나무는 한국인이라면 이름을 다 아는 네임드 나무지만 나무 모양을 아는 사람들은 별로 없는 것 같다.(아마 해마다 모습이 너무 달라져서 그런 듯) 예전에 딸을 낳으면 오동나무를 심고, 그 딸이 자라 시집 갈 때 오동나무를 잘라 혼수로 가져갈 가구를 만들었다는 얘기도 있다. 그만큼 엄청나게 빨리 자라기 때문일 것이다. 저 잡초 같은 모습에 속아 내버려뒀다가는 땅을 쪼개고 건물을 기우뚱하게 만들며 30미터까지 자라겠지.

잡초?　　→　　좀 큰 잡초?　　→　　무 으악!! 오동나무?!

탄생　　　　6개월 후　　　　10년 후

실제 크기보다 과장되어 있음

0812
집유령거미

집유령거미

어제 샤워하려는데 욕조에 돈벌레가 있어서 식겁하며 린스를 쏴서 죽였다. 그런데 오늘은 또 다리 긴 거미가 나타났다! 거미는 죽으면 안 돼! 이미 물을 맞아서 죽는 게 아닐까 싶었는데 모호연이 긴 나무 작대기를 들이밀자 얼른 올라탔다. 몸은 작고 다리는 엄청나게 길다. 리움미술관 마당에 있는 루이즈 부르주아의 거대한 설치 작품과 똑같이 생겼다.

　찾아보니 집거미 중 흔한 종인 집유령거미라고 한다. 집유령거미는 어둡고 습한 곳을 좋아해서 장마철에 주로 출몰한다는데 과연 그렇다. 독은 없고, 거미줄을 쳐서 잡히는 것만 먹는다고 한다.

　거미 한 마리 한 마리는 소중한 천연 세스코이기 때문에 바깥 방생은 어림없고 베란다에 놔줬다. 집에 들어온 거미는 상전이다. 절대 안 죽이고 소중히 모셔서 지금 이 집에는 거미 20마리 정도가 산다. 심지어 이전 집에서부터 같이 온 것으로 추정되는 종도 있다. 이쯤 되면 반려 거미다.

주걱비비추

고양이가 멧비둘기 시체를 먹고 있던 바로 그 화단이다.(3월 11일 참조) 생명을 거둔 땅이라 그런지 이후 많은 식물이 자랐다. 봄에 미국제비꽃이 흐드러지게 피었던 것을 시작으로 맥문동이 보라색 꽃을 피웠고 잎이 크고 생생한 풀이 흙이 보이지 않을 정도로 빼곡하게 자랐다.

이 거대한 잎은 공원이나 아파트 화단에서 많이 봤던 것인데 매번 찾아봐야지 하면서도 잊어버렸었다. 오늘 찾아보니 '주걱비비추'라고 한다. 4월부터 잎을 크게 키우고 8월에 커다란 흰색 꽃을 낸다. 주걱비비추라니, 거참 이름 이상하네.

신경주역 회화나무

경주 본가에 다녀오는 길, 신경주역에서 회화나무를 봤다. 신경주역이 생긴 지 10년은 된 것 같은데 이제야 역 광장에 있는 나무가 회화나무라는 걸 알았다. 3월 19일 상암 월드컵경기장에서 주운 열매에 궁금증을 가지지 않았다면 평생 몰랐을 거다.

　서울의 회화나무는 대부분 가지가 너무 높아서 열매를 제대로 보기 힘들었는데 신경주역의 회화나무 하나가 제법 낮게 가지를 드리우고 있어서 손을 뻗어 꽃과 열매를 관찰했다. 월드컵경기장에서 주웠던 열매와 달리 상큼한 연두색에 촉감이 탱글탱글하다. 가지마다 열매가 아주 많이 열려 있는 데다 지맘대로 생겼다. 콩 같은 열매를 다섯 개나 품은 놈이 있는가 하면, 두 개 정도에 그친 놈도 있다. 잎이나 꽃이나 열매는 얼핏 보면 다 같아 보이는데, 자세히 보면 약간씩 달라 구경하는 재미가 있다.

경주엔 회화나무가 아주 많다. 특히 경주 계림(신라의 시조가 알에서 깨어난 바로 그곳)에는 수백 년 된 회화나무가 가득하다. 몸통이 아주 굵고, 이리저리 비틀려 있어 우리가 흔히 보는 길고 곧은 가로수와 같은 나무라고 생각하기 어렵다. 나무 하나하나가 다 옛날 동네 서낭당에 있는 신목 수준이다.

0827
은행

아직 푸른
은행나무에서
떨어진
은행

크려...

은행

날씨가 갑자기 바뀌었다! 어제까지만 해도 베란다 문을 열면 열기가 훅 끼쳤는데, 오늘은 하나도 덥지 않고 바람이 세차게 분다. 하늘도 갑자기 높아진 듯하고, 수증기가 낀 것 같은 여름의 더운 느낌이 없어졌다. 매일 아침 커피에 얼음을 넣어 마셨는데, 오늘은 김이 오르는 따뜻한 커피를 마셨을 정도다.

산책길에 아직 덜 익은 은행을 주웠다. 맨날 터진 폭탄처럼 길바닥에 으깨져 있는 모습만 보았는데 오늘 주운 것은 달랐다. 밝은 레몬색에 아주 동그랗고 알이 온전한 모양이었다. 슬쩍 만져보니 물렁하지 않고 아직 단단했다. 호기심에 주울 때는 아무 냄새도 느껴지지 않았는데, 만지는 순간 진액처럼 진득한 것이 손에 묻었다. 이럴 수가, 충격적인 냄새가 난다. 으악! 깜짝 놀라 쥐고 있던 열매를 휙 집어던졌다. 아무튼 호기심이 죄다.

인대가 파열되었던 발등이 마침내 괜찮아져 간만에 오래 걸었다.

0828 불광천 집오리 삼남매

사이 좋은 삼남매

집오리 삼남매가 월드컵경기장 쪽에 안정적으로 자리를 잡은 것 같다. 오늘은 산책로에 있다가 십대 남자애들이 쫓아다니자 뒤뚱거리며 물로 내려가서 둥둥 떠다녔다. 산책로 가까이에서 험한 일 당할까 봐 걱정하고 있었는데 그래도 귀찮은 사람은 피하기도 해서 다행이다.

삼남매는 모든 행동을 같이한다. 청둥오리들처럼 강바닥에 머리를 박고 물이끼를 먹고, 다 똑같아 보이는 이끼도 더 맛있는 것이 있는지 이리 갔다 저리 갔다 헤엄치며 서로 꽥꽥거린다. 한 놈이 다시 뭍으로 올라가려고 지대가 나지막한 곳에서 꽥꽥거리면 다른 놈이 멀찍이서 꽥꽥거리고, 그럼 또 셋이 꽥꽥거리며 다른 장소로 간다. 꽥꽥으로 말이 통하나 보다.

9월

日	月	火
4 ㅋㄹㅋ	5 엄청난 비	6 누리장 열매
11 ??	12 익어가는 벼	13 외할매의 나무
18 까악!! 서울역의 까마귀	19 징징징 지뢰 게임	20 익어가는 감
25 ㅋㄹㅋ	26 억새	27 소 철

September

水	木	金	土
	1 낮 달	2 신사동 성모	3 비 숑
7 스쳐간 나비	8 고양이 심바	9 ㄹ ㄹ	10 넓적 사슴 벌레
14 버 섯	15 건축사무소 고양이	16	17 구 름
21 거미줄	22 ㅈㅈㅈ	23 덜 익은 벼	24 이상한 열매
28 머리 위의 목성	29 집유령거미	30	

0902
신사동의 성모

신사동의 성모

자주 보는 건물 외벽의 물이 흘러내린 자리에 기가 막히게 사람 모양으로 자국이 생겼다. 처음부터 있었던 것은 아니고 점점 형태가 생긴 것이다.

　아랫부분엔 적절히 물이끼가 껴서 마치 천의 무늬 같고, 머리 부분엔 아우라 같은 음영까지 있다. 계절이 바뀌면 사라지지 않을까 생각했는데 웬걸, 갈수록 뚜렷해진다. 볼 때마다 바티칸에 알려 주고 싶은 마음이다.

이렇게 상관없는 것들에서 내가 아는 패턴, 또는 인간이나 얼굴의 형태를 찾아내는 것을 '파레이돌리아(변상증)'라고 한다. 두뇌는 눈으로 받아들이는 많은 정보를 처리하는 과정에서 가장 중요한 것을 빠르게 인식하기 위해 인간이나 사물을 패턴으로 인식하는데, 이런 원리로 사람은 화성 표면의 돌 무더기를 보고도 인간의 얼굴을 떠올릴 수 있다. '신사동의 성모' 같은 경우 내가 평소에 비잔틴 미술이나 고딕 예술에 관심이 많아서 성모 마리아로 보이는 것이지, 다른 분야에 관심이 있는 사람이라면 전혀 다르게 보일 수도 있다. 그러고 보니 인간의 이런 인식은 둥근 프레임에 점 두 개만 있으면 얼굴로 인식하는 스마트폰 얼굴 인식과 비슷하다.

다 펴진
모습

아직
펴지기전

0906
누리장나무 열매

누리장나무 열매

이게 자연에서 나온 색이라고? 믿을 수 없는 색깔의 열매를 보고 충격을 받았다. 핫핑크의 꽃받침이 다섯 갈래로 갈라지고, 그 안에 완벽한 터키석 빛을 띤 열매가 들어 있다. 이걸 처음 봤다면 무조건 꽃이라고 생각했겠지만, 그동안 이 앞을 지나다니며 흰 꽃이 핀 모습을 봤기 때문에 이게 열매라는 것을 안다.

열매 하나를 손으로 짓이겨 보니 아크릴 물감 같은 새파란 색이 나온다. 이런 걸 옛날 사람들이 가만뒀을 리가 없어! 한참 고생해서 찾아보니 이름은 누리장나무고 역시나 열매로 염색을 하거나 직접 물감으로 썼다고 한다.

자연은 경이로운 것으로 가득하다. 잎과 꽃잎, 보석 색깔의 열매와 수술 사이로 삐쭉 튀어나온 이상한 암술을 들여다볼 때 나를 잊을 수 있다. 자연을 봐야 한다. 깊이 관찰해야 한다. 그건 모두 나를 위해서다. 화단 가에 핀 잡초 한 포기로도 마음을 채우기는 충분하다.

0908 고양이 삼바

고양이 심바

집으로 돌아오는 길에 이상한 시선이 느껴져 위쪽을 쳐다보니 빌라 담장에 작은 고양이 한 마리가 앉아 있었다. 아기도 아니고 성묘도 아닌, 중학생 정도의 느낌이다. 나보다 1미터 이상 높이 있어서 그런지 두려움 없이 사람을 관찰하고 있다.

저 녀석이 갑자기 내 머리통 위로 점프를 하진 않겠지, 하는 터무니없는 생각이 들었지만 눈이 마주친 채로 한참 있었다. 동물과 눈이 마주칠 때마다 그러면 안 된다는 것을 알면서도 한참을 그대로 있게 된다. 마치 라이온킹의 한 장면을 보는 것 같아 나 혼자 이름을 '심바'라고 지어줬는데 다음에 또 만날 수 있을까?

대부분의 동물들은 인간과 달리 눈 마주침을 공격의 의사로 이해한다. 인간보다 시야각이 넓어 대상에게 눈을 맞추지 않아도 대상을 볼 수 있기 때문이다. 특히 원숭이와 영장류는 절대 2초 이상 눈을 마주치면 안 된다고 한다. 아니, 그러고 보니 인간도 모르는 사람과 2초 이상 눈을 마주치면 "뭘 봐, 자식아!"가 날아올 것 같긴 하다.

넓적사슴벌레

밤에 아이스크림 가게 앞에서 터무니없는 녀석을 만났다. 처음엔
저 커다랗고 시커먼 것은 뭐야! 거대 바퀴벌레인가! 하면서 소름이
쫙 끼쳤는데, 진정하고 보니 뿔을 치켜든 넓적사슴벌레다. 어디서
길을 잃은 건지 모르겠지만 대리석 계단 위를 뚜벅뚜벅 걸어다니
고 있다. 혹시나 누가 밟으면 어떡하지 조마조마해서 계속 지켜보
는데 다행히 화단 쪽으로 갔다.

그런데 뻔히 나뭇잎이 있는 곳으로 안 가고 계속 에어컨 실외기 쪽으로 간다. 인마, 너 거기 가면 죽어! 주변에 있는 나무 작대기를 이용해서 옮겨주려 했는데 이 녀석이 작대기를 제대로 잡지 못한다. 손으로 잡아서 풀숲에 놔주려니 다리로 돌을 붙잡고 단단히 버틴다. 다리가 뜯어져 버릴까 봐 두렵다. 옆에 버려진 라이터를 잡아서 올라타 보라고 들이미니, 잡을 곳이 없어 줄떡 미끄러졌다. 넘어지며 뒤집혀서 나무작대기로 겨우겨우 다시 뒤집어 줬다. 옆에 있는 커다란 쑥을 뽑아다가 또 들이밀어 보니 질겁을 하며 싫어한다. 어째 점점 괴롭히는 꼴이 되고 있다.

이 녀석이 눈을 똑바로 뜨고 앞을 보면서 가야 하는데 하나하나 가보고서야 '여긴 아닌가…' 하면서 또 다른 데로 가니 시련의 연속이다. 눈 뜨고 못 볼 꼴이다. 30분 이상 기다린 끝에 드디어 풀이 있는 곳으로 몸을 옮겼다. 휴, 나도 이제 집에 갈 수 있겠다.

넓적사슴벌레는 실제로 밤에 빛에 이끌려 도로나 인도에서 치여 죽는 일이 많다고 한다. 한국에 사는 사슴벌레 중 가장 큰 편에 속하며, 참나무 수액을 먹고 산다.

0913
외할매의 나무

외할매의 나무

외할매가 향년 94세로 돌아가셨다. 수목장을 하기로 해 모두가 상복을 입은 채로 등산을 했다. 한복 치마 안으로 온갖 벌레가 드나들었다. 거의 산 꼭대기까지 올라가자 인부들이 땅을 파고 있는 것이 보였다. 할매가 묻힐 소나무는 아주 길고 곧았다. 나무의 끝이 잘 보이지 않을 정도였다.

할매는 평생 곧고 강직했다. 도리를 중요시했고 부끄러운 일은 하지 않았다. 기준이 엄격해 가끔 주변 사람을 힘들게도 했지만 속으로는 아주 다정했다. 사극과 이소룡 영화를 제일 좋아해서 매일 봤다. 돌아가시기 전까지도 기억이 또렷해 수십 년 전 계곡에 놀러 갔던 얘기를 어제 있었던 일처럼 얘기하셨다.

이제 더 이상 할매가 돌아가시는 것을 걱정하지 않아도 된다는 안도감이 나를 죄스럽게 한다.

0921 집유령거미

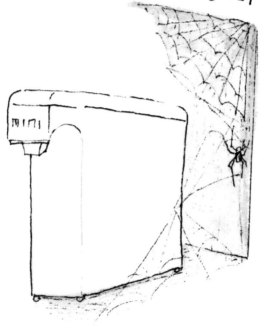

집유령거미의 집

집유령거미의 집을 발견했다. 냉장고 왼쪽에 정수기를 바짝 붙여서 대놨는데 그 틈에 거미줄을 쳤다. 좁아 보이는 부분인데 저걸로 되나 싶어서 자세히 보니 위쪽 찬장과 냉장고 사이까지 빈틈에 전부 줄을 쳐놨다. 훌륭하다. 그래서 요즘 날파리가 잘 안 보이나?

내가 아는 소철

0927
제주의 소철

제주의 소철

일 때문에 아주 잠깐 제주도에 갔다 왔다. 딱 하루 자고 온 거라 본 것도 없고 먹은 것도 없다.(공항에서 밥 먹은 사람이 나라니.) 밤에 한 시간 정도 숙소까지 걸은 것이 제주 관광의 전부다.

　문 닫힌 제주 고용복지센터 옆에서 거대한 소철을 봤다. 내가 아는 소철과 같은 소철이라는 것을 믿을 수 없다. 주먹만 한 소철 은 비루한 우리 집에 적응하지 못하고 금방 죽어버렸는데. 이 소철 들은 살아 있음을 즐기기라도 하는 양 온 사방으로 거대하게 자라 있었다.

　머리 위로 목성이 밝게 보였다. 곧 다시 제주도에 올 것이다.

10월

	日	月	火
	2 ?	3 스투키	4 ㅋㅋ
	추수 9	10 고양씨	11 이거슨 짝꿍..?
	16 해바라기	낮가리는 17 개	아파트 산책 18
	23	24 불광천 할매	25 정말 나무같이 생긴 전봇대
	30	31 뭘.. 한 거지?	

October

水	木	金	土
\졸아!/			1 ㅋㅋㅋ
5 베란다 식물 돌여 놓음	6 집오리 삼남매	7 작은 꽃	8 거북이
12 거대한 깃털	13 벌레 먹은 압화	14 산사나무열매	15 맥문동 열매
19 저 멀리 보이는 집오리 삼남매	20 ?	21 ㅋㅋ	22 은행나무
26 엄마 백로의 도망	27 작은 멋쟁이나비	28 경계하는 CAT	29 크레인과 노을

오케이 스투키

나는 개업 화분을 잘 키우는 집에 긍정적 인상을 가지고 있다. 왠지 사람한테도 잘할 것 같은 느낌이다. 개업 화분을 밖에 내놓은 채로 말려 죽이는 집? 안 봐도 유튜브다.

　동네 부동산 앞에 스투키 화분을 내놓은 집이 있다. 스투키는 샀을 때만 예쁘고 점점 지맘대로 자라서 꼴 보기 싫어지는 것으로 (식물러들 사이에서) 유명하다. 이 집 스투키는 제법 안정적으로 자란 편인데 하나가 미친 듯이 길어졌는지 한 바퀴를 돌려 다른 잎 사이에 꽂아놨다. 멀리서 보면 스투키가 오케이 사인을 보내고 있는 것처럼 보인다. 굉장히 요상하지만 잘 자라고 있으니, 오케이입니다.

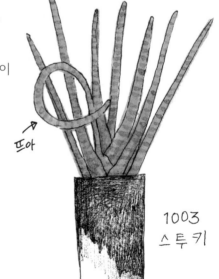

뜨아

1003
스투키

거북이

1008 거북이

거북이를 보는 날은 뭔가 기분이 좋다. 도시 하천에서 거북이를 보는 것은 쉬운 일이 아니다. 불광천에 다닌 2년간 딱 세 번밖에 못 봤을 정도다. 거북이는 사람으로 치면 자유형으로 헤엄을 치는데 한번에 한 팔과 한 발을 교대로 뻗어 앞으로 나아간다. 영원히도 바라볼 수 있지만 생각보다 금방 사라져버린다. 거북이는 물 밖에선 느리지만 물속에선 아주 빠르니까.

1009 추수

추수

KTX 열차 안에서 보이는 풍경이 바뀌었다. 온통 초록색이었는데 이제 노란색이 더 눈에 많이 띈다. 들판에 곡식이 노랗게 익어간다. 이미 추수가 끝난 곳도 있다. 추수가 끝난 들판에는 거대한 마시멜로들이 있다. 벼도, 마시멜로도 제철이다.

곤포사일리지

올해도
마시멜로가
잘 익었어..

추수가 끝난 논 여기저기에 등장하는 거대한 마시멜로는 '곤포(梱包) 사일리지(silage)'라는 어려운 이름인데 볏짚을 비닐로 단단히 말아놓은 것이다. 볏짚을 공기와 차단하면 숙성되어 소 먹이로 아주 좋다고 한다. 한 덩어리에 5만 원 정도로, 소 한 마리가 40일 정도 먹을 수 있는 분량이라고.

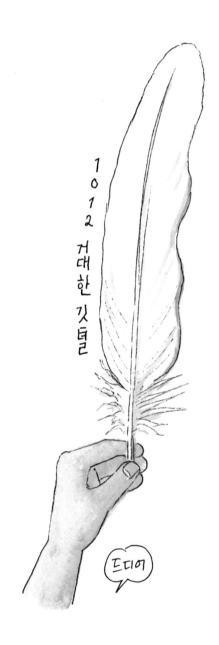

1 0 1 2
거대한 깃털

거대한 깃털

집에서 나와 불광천을 따라 월드컵경기장까지 가는 것은 나의 산책 코스 중 하나다. 아무리 걷는 게 좋다지만 목표가 없으면 뭔가 재미가 없다. 월드컵경기장에는 홈플러스도 있고 버스정류장도 있어서 뭐 하나 사 들고 버스를 타고 집에 다시 돌아오기 적당해 자연스럽게 목표 지점이 되었다.

오늘도 천변을 걸어 월드컵경기장까지 갔는데 화단에서 거대한 흰색 깃털을 주웠다! 낮은 관목 위에 누가 일부러 놔둔 것처럼 정갈하게 놓여 있었다. 방금 떨어뜨렸는지 흠 하나 없이 새하얗고 엄청나게 크다. 이렇게 큰 깃털이 나는 새는 백로밖에 없다. 날아가는 백로를 보면서 제발 깃털 하나만 떨어뜨려라 하고 소원을 빈 지 한참 되었는데 이렇게 갑자기 가지게 되다니! 사람이 엄청 오가는 곳에 떨어져 있었는데 아무도 안 가져갔다는 것도 신기하다.

집에 돌아와 깃털을 비눗물로 잘 씻고 말렸다. 백로의 일부분을 가졌다. 언제든 이 깃털을 보면 기분이 좋아질 것이다.

다이앤 애커먼의 『마음의 연금술사』라는 책을 읽었는데, "경이는 아주 부피가 큰 감정이다. 경이가 가슴을 가득 채우면 다른 것이 들어설 자리가 남지 않는다"라는 문장을 보고 공감했다. 자연을 관찰할 때 다른 생각이 들지 않는 것은 그 때문인지도 모르겠다.

벌레 먹은 압화

올해 자연 관찰을 시작하면서 엄청나게 많은 압화를 만들었다. 봄의 겹벚꽃, 민들레, 단풍나무 새 잎 등등. 첨엔 스크랩북에 정리했다가 탑로더라는 것을 발견하고 거기다 모두 옮겨 정리했다. 탑로더는 아이돌 포토카드나 포켓몬 카드 같은 것을 구겨지지 않게 보관할 수 있는 납작한 플라스틱 케이스다. 요즘 아이돌 팬들은 이 탑로더를 늘 가지고 다니고, 스티커로 꾸미기도 한다.

　나도 탑로더를 가지고 싶은데 요즘은 딱히 최애가 없어서 넣을 것이 없었다. 그러다 나뭇잎 한 장을 넣어봤더니 너무 아찔할 정도로 아름다웠다. 난 천재야! 하면서 모은 압화를 전부 옮기자 무려 100개 넘는 탑로더가 생겼다. 이것을 큰 상자에다가 실리카겔을 같이 넣어 보관해 왔다.

　그런데 오늘 몇 달 만에 상자를 열어봤더니… 압화의 일부분이 가루로 변한 것들

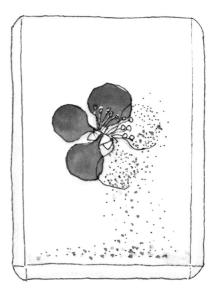

I013 벌레 먹은 압화

이 있었다. 분명 잎이 다섯 장이었는데, 두 장은 흔적도 없이 가루가 되었다. 한두 개가 아니었다. 주로 꽃이 피해가 심각했다. 이놈의 벌레도 취향이 있는지 나뭇잎은 그냥 두고 하필 예쁜 꽃들만 공격했다. 가루로 된 압화 몇십 개를 버리고 조그만 벌레가 기어다니는 상자도 버렸다. 저 조그만 놈이 이렇게 내 컬렉션을 아작내다니. 방충제가 필요한 건가? 성질이 급해서 아직 살짝 덜 마른 듯한 압화도 가끔 넣었는데 그게 화근인 것 같다. 앞으로는 책에 끼워둔 채로 몇 달은 놔둬서 벌레의 씨를 완전히 말릴 것이다.

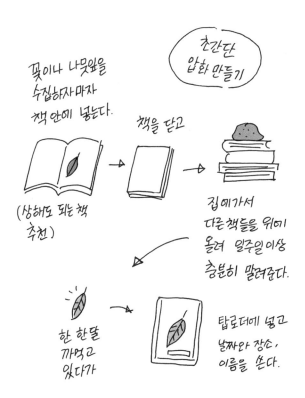

초간단 압화 만들기

꽃이나 나뭇잎을 수집하자마자 책 안에 넣는다.

(상해도 되는 책 추천)

책을 닫고

집에가서 다른 책들을 위에 올려 일주일 이상 충분히 말려준다.

한 한달 까먹고 있다가

탑로더에 넣고 날짜와 장소, 이름을 쓴다.

1017 INFP 강아지

INFP 강아지

갑자기 엄청나게 추워졌다! 바람막이를 입고 나갔는데도 몸이 덜덜 떨리고 손이 시리다. 찢어진 청바지 사이로 바람이 쉭 다 들어온다. 이제 찢청의 계절은 갔단 말인가.

불광동에 있는 서울혁신파크에 갔다. 혁신파크 안에는 '쓸'이라는 카페가 있는데 전기를 일절 사용하지 않는 곳이라고 한다. 마치 숲속 오두막 같은 나지막한 건물이 멋졌다. 핸드드립 커피를 시키고 앉아 있는데 강아지 한 마리가 카페 안을 돌아다닌다. 나를보고도 전혀 먼저 다가오지 않는다. 벽에 붙은 주의문을 보니 강아지는 INFP로 낯을 많이 가린다고 한다. ENFP로서 갑자기 굉장히친근했다. 친한 척을 하고 싶었지만 꾹 참고 먼저 다가올 때까지기다리기로 했다.

아니 다가오지 않아도 괜찮다. 개란 존재는 그냥 바라만 봐도좋다. 좋은 기회잖냐 하면서 한참을 관찰했다. 강아지는 문 앞에우뚝 서서 한참을 움직이지 않고 바깥을 주시하고 있다. 소리가 들리는 쪽으로 귀가 돌아가는 것이 재미있다. 미동도 없는 것처럼 보이지만 귀 방향이 미세하게 계속 변하고, 코도 가끔 찡긋거린다. 뭘 보고 뭘 느끼고 있는 걸까? 일부러 "음음" 하고 목을 가다듬었더니 고개를 휙 돌려 "뭔데?" 하는 표정으로 쳐다본다. 관심을 끌어 흐뭇하다.

5월경
새 잎이 날때의
모습. 산에서 보면
↓ 바로 눈에 띔

말도
안 되는
크기의
낙엽!

1017 일본목련나무

일본목련나무

카페 앞에 떨어진 거대한 낙엽을 주웠다. 내 얼굴보다도 훨씬 크다.(집에 와서 찾아보니 일본목련나무다.) 마치 꽃송이처럼 가운데 열매가 열리고 잎이 사방으로 펼쳐진다. 나무는 끝이 보이지 않을 정도로 크다. 이런 나무가 한두 그루가 아니다.

　서울혁신파크는 곧 없어진다고 한다. 놀고 있는 땅이라며 60층짜리 고층건물들로 꽉 채울 거라나…. 여기 있던 거대한 나무들은 다 어디로 갈까. 지켜보던 큰 나무가 어느 날 사라지는 것은 서울에 살면서 늘 겪는 일이지만 결코 익숙해지지 않는다.

일본목련나무는 이름처럼 일본이 원산지다. 3월 초에 꽃이 피는 목련과 달리 5월에 꽃이 핀다. 꽃은 일반 목련보다 꽃잎이 많고 좀더 날렵하고 뾰쪽한 느낌이다. 잎 뒷면이 하얀색이라 가을에 잎이 떨어지면 숲에서 눈에 아주 잘 띈다.

10월 18일 오후 1시~3시	장소	남양주 S아파트
날씨	맑음	온도	17/4℃	기분	좋음

남양주에 있는
친구 현 집에
놀러 갔다.

하루 밤 자고나서
아파트 단지 안에서
간단히 산책 함.

오오, 아파트 거실에서
이런 뷰가?

남양주의 장점이죠ㅋㅋ

오래된 아파트답게
크고 멋진 나무 많음.

108

아파트
5층 높이
나무는 기본

마가목
열매

또다른 나무에 (얘도
아파트 4층 높이) 빨간 열매가
엄청 자잘하고 수북하게
열려 있어 찾아보니 무려 마가목!

마가목 이름만 들어봤지,
본 건 처음인데?

조정   주렁

톱니가
있는잎

마주보기로
난다

아파트 통로에 심은
관목에서 벌집도 봤다?!

아쉽게도 주인이
떠났는지 바짝
말라 있음

땅에서 겨우
10cm
위

엄청
작아!

진짜, 사람들 지나다니는
바로 발 옆에 있었음

저 열매는
뭐지? 탱자인가?

탱자나무 맞음

관목에 살구만 한 레몬색 열매도 주렁주렁 열려 있다.
아무도 탐을 안 내는 걸 보니 맛이 없나?
농약 때문일지도...

가지에서
솟아나온 것
처럼 완전
딱 붙어서 난다.

지들
끼리도
비좁아함

야, 옆으로
좀 가라.

좁아죽겠네

우리 아파트에 이런 것들이
있다니? 완전 몰랐다!

자연관찰은 정말 어디서나 가능하구나.

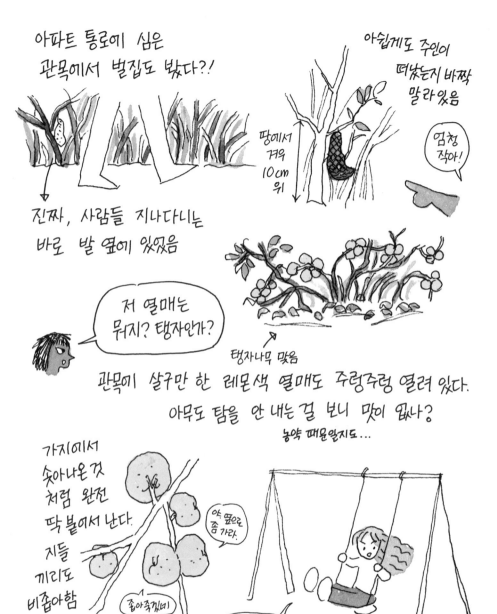

1019 작게 보이는 집오리 삼남매

멀리 보이는 오리 삼남매

오늘은 집오리들이 안 보여서 월드컵경기장 성미다리 위에서 한 참을 살폈다. 똑같은 풍경이 눈에 익자 저 멀리 상암교 근처에 흰 점 세 개가 움직이는 것이 보인다. 산책로 쪽으로 셋이 뒤뚱거리면서 가더니 거기 한참 머무른다. 또 사람들한테 뭐 얻어먹고 있는 것 같은데 저래도 되나…. 야생동물한테 먹이 주기 금지 아니었나? 스스로 살아가게 해줘야 하는 게 아닌가? 구청에 민원을 넣어야 하나? 별생각을 다 하게 된다. 새끼 때부터 지켜봐 온 사람으로서 내 자식같이 걱정이 된다.(난 자식은 없지만.)

　이리저리 알아보니 집오리는 이미 사람의 손을 탄 가축이라 스스로 먹이를 찾기보다 인간에게 의지하는 성향이 강한 모양이다. 야생에서 살아가지만 야생동물이라고 보기엔 무리가 있다. 불광천 집오리 삼남매는 이미 유명해져 SNS에도 사진이 많이 올라온다. 나 말고도 애정을 가진 사람들이 많으니 당분간은 걱정하지 않아도 될 것 같다.

불광천 할매

← 집오리 믹스 우

← 청둥오리 우

1024 불광천 할매

불광천 상류 쪽에는 내가 '할매'라고 혼자 부르는 거대한 암컷 잡종 오리가 있다. 옆구리에 파란색 장식깃이 있는 것으로 봐 청둥오리와 집오리의 잡종인 것 같다. 이걸 청둥집오리라고 하는데 전국적으로 꽤 있는 모양이다. 불광천에는 할매 딱 한 마리지만 집오리 삼남매가 등장했으니 판도가 어떻게 달라질지 모른다.

할매는 일반적인 청둥오리보다 1.5배 크다. 무심히 지나가던 사람들도 쟤는 뭔데 저렇게 크냐고 다들 깜짝 놀란다. 무늬는 청둥오리인데, 형태는 집오리다. 옆에 언제나 작은 수컷 청둥오리가 따라다니는데 나는 속으로 '연하남'이라고 부르고 있다. 그도 그럴 것이 작년에 처음 봤을 때 1년생같이 작았기 때문이다. 할매와 연하남은 10미터 이상 떨어지는 일이 결코 없다.

청둥오리들은 자주 날아다닌다. 짝짓기 후 비행은 물론이고, 먹이를 구하러 이 구역 저 구역 날아다니기도 한다. 물 위에서 도움닫기도 없이 바로 날아오르고 착지할 때는 마치 수륙양용 항공기처럼 물 위로 멋지게 내려앉는다. 할매가 나는 것은 물론 본 적이 없다. 할매는 혼자만 날지 못하면 슬프지 않을까? 날아보려고 노력한 적도 있을까? 할매가 어떻게 인생을 사는지는 모르겠지만 인간은 이런 일에도 자기 감정을 이입하며 괜히 눈시울을 적신다.

1026 깃털들

수많은 깃털

은평 굿윌스토어 갔다가 나오는데 개똥을 밟았다. 대형견의 것인지 마치 사람 똥같이 크고 굵었다. 길바닥에 운동화를 아무리 비벼도 이미 개똥은 신발 바닥 사이사이에 알차게 달라붙었다.

개똥을 씻으러 길을 건너 불광천에 갔다. 물이 얕은 징검다리에 가서 물살에 운동화를 씻을 생각이었는데, 이럴 수가. 징검다리 근처 뭍에 새 깃털이 엄청나게 많이 있었다! 개똥을 밟으면 재수가 좋다는 말이 바로 이런 것인가? 물새 깃털은 물에 뛰어들지 않는 이상은 정말 구하기 어려운데!

왜가리의 장식깃, 청둥오리 가슴털, 청둥오리 깃털 등 수많은 깃털을 잔뜩 주웠다. 가을이 돼서 그런지 온 천지에 깃털이 엄청나게 많이 보인다.(물론 대부분은 비둘기 털이다.) 그래서 요즘 외출할 때는 지퍼백과 알코올스왑을 꼭 가지고 다닌다. 깃털을 지퍼백에 넣고, 손을 알코올스왑으로 닦았다. 원래 이렇게 장비(?)를 준비해서 나가면 그날은 꼭 득템이 없는데 오늘은 재수가 좋다. 역시 개똥 덕분일지도.

1. 왜가리
등 깃
(바람에
플플 날리는
그것)

3. 수컷청둥오리
날개덮깃

2.
수컷청둥오리
배 깃털

4. 암컷 청둥오리
날개 덮깃

5. 청둥오리 날갯깃

엄마 백로의 도망

불광천 백로들은 늘 혼자다. 백로는 원래 몇백 마리씩 대규모 군락을 이루고 살아간다는데 도시의 백로들은 철저한 솔로 플레이어들이다. 그들은 서로는 물론 친척인 왜가리와도 철천지원수고, 20미터 안에 접근을 허용치 않는다. 그런데 오늘 불광천 레인보우교 근처에서 엄마와 같이 있는 새끼 백로를 처음으로 봤다. 새끼는

1026 엄마백로의 도망

물을 첨벙이며 사냥 연습을 하고 있고, 엄마 백로가 바로 뒤에서 그 모습을 지켜보고 있었다.

그런데 새끼를 한참 쳐다보던 엄마 백로가 갑자기 훨훨 날아서 레인보우교 위로 날아갔다! 레인보우교는 세 줄의 거대한 철근이 길게 아치를 그리며 뻗어 있고 그 사이사이에 철망이 자리한 구조인데, 거기에 백로가 앉을 공간이 있다는 걸 처음 알았다. 새끼 백로가 까악하고 울며 날아서 따라가려다가 엄마를 찾지 못하고 다시 한 바퀴를 돌아 강으로 내려앉았다. 다리 위에 엄마 백로의 머리가 살짝 보이는데 새끼는 찾지 못한 모양이다. 엄마 백로는 새끼를 보면서도 내려오지 않았다. 이제 너도 네 살 길 찾으라는 바람일까?

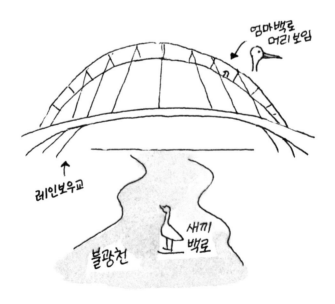

강으로 허탈하게 내려온 새끼 백로의 등털이 뒤집혀 있었다. 관찰해 보면 새들은 날고 나서 꼭 깃털을 다듬는다. 깃털이 가지런히 잘 배열되어 있지 않으면 불편한데, 한 번이라도 날면 털이 엉키는 일이 많은 모양이다. 새끼 백로는 아직 다듬는 법을 잘 모르는지 한참이나 뒤집힌 채로 있다. 저러면서 배우게 되려나. 잘 살았으면 좋겠다.

작은멋쟁이나비

오랜만에 봉산에 갔다. 그동안 산에 가지 않아서인지 낮은 산인데도 올라가기가 너무 힘들었다. 헉헉대며 정상에 올라가니 커다란 국화 덤불이 있었다. 작은 어린이 소파 사이즈인데 향기가 너무 진해 머리가 띵할 정도다. 누가 향수병을 엎지른 것으로 착각할 만큼 진한 냄새다.

　냄새에 끌린 것이 나뿐만이 아닌지 작은 국화 덤불에 엄청나게 많은 곤충이 몰려들었다. 나비 대여섯 마리, 나방 두 마리, 꿀벌 십여 마리, 말벌 두어 마리, 마치 꿀벌처럼 생긴 등에, 심지어 똥파리까지 모두 모여 난리가 났다. 평소 같으면 사람이 다가가면 도망칠 텐데, 자기들도 바빠서 사람이 오거나 말거나 정신이 없다.

　그중 어렸을 때 봤던 나비도 있었다. 찾아보니 이름이 작은멋쟁이나비다. 누가 지었는지 몰라도 정말 귀여운 이름이다.(물론 '큰멋쟁이나비'도 있다.) 작은멋쟁이나비는 꽃 위에 앉더니 돌돌 말아놨던 주둥이를 빨대처럼 쭉 펴서 수술 위에 꽂았다. 꿀을 마시는 동안 날개는 서서히 접었다 폈다 하며 움직였다.

원래 나비와 나방을 정말 싫어했다. 아니 공포를 느꼈다. 날개의 비늘 가루가 눈에 들어가면 실명한다는 얘기 때문이었을지도 모른다. 생각해 보면 날개를 만지지 않는 이상 손에 비늘 가루가 묻을 일도 없다. 눈에 들어간다고 해도 가렵거나 알레르기 반응이 일어나는 거지 실명까지 가는 일은 없다고 한다.(어릴 때 나비를 함부로 만지지 말라고 어른들이 과장해서 한 얘기였을까?) 두려움은 때론 눈덩이처럼 불어 영향을 미친다. 찬찬히 거리를 두고 나비를 들여다보니 예전처럼 무섭지 않다. 이제 근거 없이 두려워하지 않을 것이다.

빨대를 몸에 장착하다니...

인간으로 치면 이런 느낌

1027
작은 멋쟁이나비

11월

日	月	火
		1 아앗
6 핫핑크가 된 단풍나무 잎	7 거제도의 노을	8 개기월식
13 달	14 낙엽 쓸기	15 내 손의 태양계
20 벌써 많이 떨어진 플라타너스	21	22 늦가을의 풍경
27 은행나무의 자유 분방함	28 ㄹㄹㄹ	29 크리스마스전구 처럼 달린 목련 나무의 눈

November

水	水	金	土
기록이 없어졌다 2	충격…. 3	대왕참나무 4	북한산 산불 5
동백나무 씨앗껍질 ? 9	이상기온 10	나무 위의 백로 11	ㅋㅋ 12
? 16	모기 떼..? 17	담쟁이 넝쿨 18	달 19
집 뺏긴 단비 23	꽃사과 나무 열매 24	ㅋㅋ 25	노을 26
첫눈! 30			

이 정도로
크지는 않음
이거의 절반 정도

1105 북한산 족두리봉 산불

북한산 족두리봉 산불

월드컵경기장 근처 사거리에서 횡단보도를 건너는데 멀리 북한산에서 연기가 피어오르는 것이 눈에 띄었다. 설마 저거 산불인가? 차도라 자세히 보지 못했는데 얼마 후 '북한산 족두리봉 산불'이라고 재난문자가 왔다. 그러더니 약 15분 뒤에는 흰색과 빨간색이 섞인 헬기가 북한산으로 거대한 주머니를 달고 가는 것이 보였다.(그림은 조금 과장해서 그린 것이고 실제로는 저것보다 훨씬 작음.)

　저걸로 언제 불 다 끄냐 싶었는데 조금 있으니 물주머니를 매단 헬기가 한 대 더 북한산 쪽으로 날아갔다. 그리고 또 아까 봤던 헬기는 빈 주머니를 달고 한강 쪽으로 다시 날아갔다. 한강 물을 주머니에 퍼 와서 불을 끄는 거라고 한다. 한강에서 물을 퍼서 북한산으로 날아가는 데 10분도 걸리지 않는다니 신기하다. 덕분에 산불은 두 시간이 안 돼서 진화됐다. 휴, 다행이다.

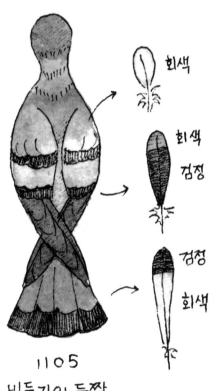

회색

회색
검정

검정
회색

1105
비들기의 등짝

비둘기의 등짝

길드로잉 강의가 있어 국립중앙박물관에 갔다. 수강생들에게 그림 그리는 시간을 주고 나는 야외 카페에 앉아 커피와 빵을 먹었다. 그런데 겁 없는 비둘기들이 자꾸 내 발밑으로 다가온다. 발 아래쪽에 빵가루가 떨어져 있는 모양이다. 비둘기의 등짝을 이렇게 가까이서 보는 것은 처음이다.

원래 비둘기는 더럽고 징그럽다고 생각했다. 근처에 오는 것도 싫어서 발을 굴러 쫓아내곤 했었다. 그런데 자연 관찰 일기를 쓰고 나서부터는 비둘기도 유심히 들여다보게 됐다. 자세히 보니 비둘기도 예쁘다. 목에서 어깨로 이어지는 라인이 메탈릭그린과 메탈릭퍼플의 절묘한 그라데이션이다. 햇빛이 비칠 때마다 보석같이 빛을 반사한다. 아름다움을 느끼자 싫거나 더럽다고 느껴지지 않는다.

한참 들여다보다가 비둘기의 등짝에서 내가 언젠가 주웠던 깃털을 발견했다. 전체가 검정이고 끝이 회색인 깃털은 비둘기의 날개깃, 전체가 회색이고 끝만 검정인 깃털은 비둘기의 꼬리깃이었다. 마치 비어 있던 퍼즐을 맞춘 것처럼 후련하다.

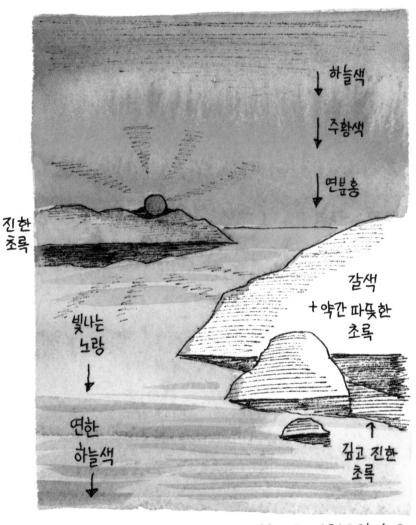

하늘색

주황색

연분홍

진한
초록

갈색
+ 약간 따뜻한
초록

빛나는
노랑

연한
하늘색

깊고 진한
초록

1107 거제도의 노을

거제도의 노을

노을 명소에 간다고 늘 아름다운 노을을 볼 수 있는 것은 아니다. 노을을 보려면 일단 하늘이 맑아야 하고, 해가 넘어가는 지평선 부근에 구름이 적어야 한다. 일부러 찾아간 거제도의 명소 바람의 언덕에서는 노을이 보이지 않았다. 그런데 장소를 이동해 신선대 전망대로 가니 그쪽에선 넘어가는 해와 노을이 아주 잘 보였다.

　석양이 빛을 뿌리며 하늘과 섬, 바다를 온갖 색으로 빛내고 있었다. 요란한 노을이 아니라 하늘색에서 주황색으로, 또 연한 분홍색으로 잔잔하게 그라데이션된 노을이었다. 사진을 찍어봐도 내가 보는 지금 눈앞의 색이 표현되지 않는다. 왜곡된 카메라의 색으로 이 노을을 기억하기 싫다. 그림을 그리고 그림에 색 이름을 써넣었다. 나는 이 노을의 색을 정확히 기억할 수 있을까?

1108 개기월식

개기월식

오늘은 개기월식이다. 여태껏 한번도 월식을 본 적이 없어서 벼르고 벼르다 드디어 정확한 타이밍을 잡았다. 절정에 이르는 시간이 7시 20분이라고 해서 6시 20분에 편안하게 식당에 들어갔는데, 밥을 먹고 나오니 이미 초승달이 되어 있었다! 아니, 초승달이라는 말은 정확하지 않다. 달의 윗부분만 아주 약간 손톱 모양으로 남아 있고 나머지 부분은 시뻘겋다. 식당에서 가져온 믹스커피를 마시며 지켜보는데 계속 빛이 어두워진다. 금방 달이 다시 나타날 것을 알지만 지켜보는 동안엔 왠지 이 순간이 영원할 것 같다. 나도 옛날 사람들같이 꽹과리와 징이라도 치면서 달을 응원하고 싶은 마음까지 들 정도다.

　옛날 사람들에게 월식은 정말 두려운 일이었을 거다. 내일도 해가 뜨고 달이 뜬다는 확신이 없을 때 무엇을 믿을 수 있을까? 월식을 경험해 보니 옛날 사람들이 왜 그렇게 많은 이야기와 신들을 만들었는지 알 것 같다. 이해할 수 없는 현상을 이해할 수 있는 방법이 필요했다는 것을 말이다.

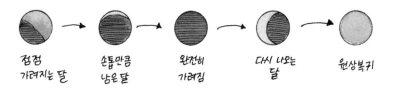

점점　　　　손톱만큼　　완전히　　　다시 나오는　　원상복귀
가려지는 달　남은 달　　　가려짐　　　달

이상기온 3일째

11월인데 한낮에 땀이 날 정도로 더운 날이 이어지고 있다. 아침에는 엄청 춥다가도 낮이 되면 또 여름 같다. 나는 열이 많은 체질이라 조금만 더워도 땀을 뻘뻘 흘리는데, 땀을 흘리고 나면 또 확 추워져서 감기에 쉽게 걸린다. 민소매 위에 반소매 옷을, 그 위에 니트와 기모 후드를 입어서 일교차에 대비하고 있다.

　여름 옷을 집어넣고 니트와 패딩을 꺼냈다. 이제 곧 겨울이다.

노와이어 브라
↓
끈나시
↓
반팔 T
↓
니트
↓
기모 후드

1110 이상기온 3일째

내 손의 태양계

아이폰 iOS 16 업데이트를 하자 바탕화면 테마 중에 천체라는 것이 생겼다. 태양계 행성들의 위치를 볼 수 있는데 처음에는 하도 안 움직여서 그냥 그림이라고 생각했다. 오늘 문득 다시 보니 행성들 위치가 확 바뀌어 있어서 실시간이라는 것을 알았다. 태양을 중심으로 수성, 금성, 지구, 화성이 거의 일렬에 가까운 시기다. 특히 화성이 지구와 무척 가깝다. 하늘에 밝은 별이 있으면 잘 봐야겠다.

1115 아이폰 태양계 바탕화면

서울서신초등학교
병설유치원

1118
담쟁이 넝쿨

다시 만난 담쟁이넝쿨

7월에 봤던 담쟁이넝쿨의 잎이 벌써 다 떨어졌다. 잎 사이사이에 열렸던 초록 열매는 포도색으로 변해 쪼글쪼글 말라 있다. 공기는 점점 더 차가워지고 해도 짧아지고 있다. 계절은 늦가을에 접어들어 이제 언제 갑자기 겨울이 되어도 이상하지 않을 것 같다.

그러고 보니 7월 12일에 이 담쟁이넝쿨을 봤을 때는 발등 인대가 파열돼서 제대로 걷지도 못했다. 8월 중순쯤에는 조금씩 절뚝거리면서 다녔고 9월부터는 절뚝대지도 않고 잘 걷긴 했지만 발등을 굽히면 통증이 있었다. 10월에는 다쳤었다는 것도 잊어버릴 정도로 완전히 나았다.

수술을 하거나 주사를 맞은 것도 아닌데 끊어진 것이 다시 붙다니 신기하다. 단지 시간이 지났을 뿐인데. 담쟁이넝쿨이 변하는 동안 나에게도 변화가 있었던 것이다.

늦가을의 풍경

온 사방에 낙엽이 떨어지고 있다. 봄에 깔끔하게 다듬었던 향나무
는 벌써 삐쭉삐쭉하다. 지난주만 해도 사람들이 트렌치코트를 입
고 다녔는데, 벌써 뽀글이 외투와 경량 패딩이 등장했다. 트렌치코
트는 역시 한국에서 일 년에 2주일밖에 못 입는 아이템인가?

03.25에
다듬었던
↓ 향나무

11 2 2 완전한 늦가을

뽀글이 외투　　트렌치코트　　경량패딩
　　　　　　　(추위보완)

집 뺏긴 단비

신사근린공원에 요즘 단비가 보이질 않는다.(4월 15일 참조) 산책로를 지나갈 때면 "애옹!" 하면서 나타나 만져달라고 칭얼거리는데 몇 달 동안 한 번도 못 봤다. 나도 바빠서 찾아보지는 못하고, 챙겨주는 사람이 많으니 잘 있으려니 했다. 그러다 오늘 오랜만에 단비 집에 가봤더니 집에서 갑자기 까만 고양이가 뛰어나와 수풀 속으로 숨었다. 첨엔 단비인 줄 알았는데 훨씬 젊고 호리호리한 놈이다. 단비는 꼬리가 짧고 뭉툭한 데 비해, 이 녀석은 꼬리도 길고 귀를 보니 중성화 수술도 안 한 모양이다.

229

100m 떨어진 곳에서 발견한 단비

단비가 없어진 줄 알고 슬픈 기분으로 다른 언덕으로 갔는데 거기서 검은 고양이가 갑자기 "애오오옹!!" 하면서 나에게 왔다. 단비였다! 역시 단비는 한눈에 바로 알아볼 수 있었다. 마침 밥을 챙겨주러 온 분이 계셔서 물어보니 역시나 단비가 다른 고양이한테 집을 뺏겼다고 한다. 어휴, 순해빠져서 그럴 만도 하다.

단비를 만져주고 있으니 등산복 입은 아주머니가 말을 걸었다.

"아니 고양이를 잘 만지네? 안 할퀴어요? 어떻게 만지는 거야?"

"먼저 만지려고 손 뻗지 말고 가만히 쪼그리고 앉아서 주먹이나 손등을 보여주고 있다가 고양이가 먼저 다가와서 손등에 얼굴이나 몸을 비비면 그때 만지면 돼요."

"안 오면 어떻게 만져?"

"고양이가 와서 먼저 비비기 전엔 절대 만지면 안 돼요, 할퀴어요."

"어휴, 근데 난 고양이 못 만지겠어, 난 짐승이 무서워."

'…왜 물어본 거래.'

사실 길고양이를 만져서 사람 손 타게 하는 게 좋지 않다고 해서 나도 요새 길고양이들에게 츄르를 주거나 만지지 않는다. 단지 단비는 이미 너무 사랑둥이라 충분히 만져주지 않으면 집에도 못 가게 하기 때문에 열심히 쓰다듬어 주는 것이다. 집은 뺏겼지만 단비가 나름 잘 지내고 있어 다행이다.

고양이 중성화수술(TNR)은 길고양이의 개체 수를 조절하기 위해 시행하는 것으로, 고양이를 포획 후 중성화 수술을 한 다음 제자리에 다시 놓아준다. 징표로 귀 한쪽 끝을 약간 자른다.

1127 은행나무의 자유분방함

은행나무의 자유분방함

은행나무는 지맘대로 자란다. 자유분방이라는 말로도 표현되지 않는다. 사람이 잘 다듬어놓은 몇몇 은행나무 외에는 아름답다는 표현이 어울리는 은행나무도 별로 없다. 특히 가을에 잎이 떨어지고 난 앙상한 가지는 가끔 꼴 보기 싫을 정도다. 내키는 대로 가지를 내고, 흉측할 정도로 기이하게 뻗어나간다.

　그런데 그런 모습 때문에 이상하게 끌린다. 제멋대로 자란다는 것은 그만큼 생존력이 좋다는 것이고 어떻게든 주어진 환경에 맞게 가지를 뻗어 살아남는다는 얘기다. 실제로 히로시마에 원자폭탄이 터졌을 때 반경 2킬로미터 안의 모든 것이 사라졌는데, 한 은행나무가 생존해 다음 해 다시 잎을 냈다고 한다. 이게 바로 3억 5천만 년 동안 살아온 원시의 기운인가…. 공룡이 멸종했을 때도 살아남은 기상은 영원하다.

은행나무는 은행나무강, 은행나무목, 은행나무과, 은행나무속의 유일한 나무이다. 같은 과에 아무도 없이 단 한 종이다. 은행나무와 비슷한 나무는 어디에도 없다고 할 수 있다.

12월

日	月	火				
KTX 4	내복 장만 5	까치떼 6				
감나무와 11 직박구리	동네 고양이 12 의 일큔	눈 13				
ㅋㅋ 18	추워 19	이불 밖은 위험 20				
merry x-mas 25	까치의 눈 목욕 26	단비 27				

December

水	木	金	土
	1 대왕참나무 잎	2 왜가리의 성공 ←!!	3 재갈매기
7	8 긴 구름	9 벌집!!	10 화성
14 눈	15 눈 위의 발자국	16 만두 먹는 비둘기	17 눈
21 눈 쌓인 동대문	22 충격적으로 추움 ←	23 아 참, 이 날은 동지였음.	24 빵이 된 비누
28 벌레 먹은 도토리	29 오색딱따구리!	30 낮 달	31 HAPPY NEW YEAR!

← !!

1202
왜가리의 성공

왜가리의 성공

불광천에 왜가리의 성공시대 시작됐다~♪♬

　　그동안 왜가리를 많이 봤지만 물고기를 잡아 삼키는 모습은 처음이다. 맨날 물고기 놓치거나, 다 잡아놓고 못 먹는 것만 봤는데(4월 1일 참조) 오늘은 왜가리가 성공했다. 바로 앞에서 잡은 것도 아니고 약 3미터 떨어진 곳에서 붕 하고 날더니 팟 하고 바로 고기를 낚아챘다. 부리에 물자마자 목을 뒤로 꺾고 바로 삼켰는데 목이 잠시 물고기 모양으로 변하는 놀라운 장면이! 부리를 딱 다물고 목을 움찔거리며 연동운동을 시키자 물고기가 내려가고 다시 가는 목으로 변했다.

　　오늘따라 왜가리 녀석 아주 당당해 보인다.

1203 재갈매기

재갈매기

가족들이랑 구룡포에 갔는데 바닷가에 갈매기가 너무너무 많다. "햐, 저기서 깃털 수집해야 하는데" 한마디했다가 조류독감 무서운 줄 모른다고 아빠한테 혼났다. 몰래 주워보려고 했지만 그렇게 쉽게 주울 수 있을 리가 없다.

　　대게집에서 주문을 해놓고 잠시 나와 항구를 구경했다. 방파제 끝까지 걸어가 빨간 등대를 보고 다시 돌아오는데 아무도 없던 부두에 오토바이 한 대가 와서 섰다. 후드를 뒤집어쓴 아저씨가 양동이를 들고 내리더니, 바다에 생선 찌꺼기로 추정되는 뭔가를 후루룩 쏟아 버렸다. 저게 뭐지? 할 틈도 없이 갈매기 몇십 마리가 전투기처럼 날아들어 생선 찌꺼기는 순식간에 흔적도 없이 다 사라졌다. 몇 마리는 입도 대지 못했다. 다 먹고 나서도 아쉬운지 물에 오리처럼 한참을 둥둥 떠다녔다.

물에 둥둥 떠다니는
모습이
친구

갈매기는 한 마리 한 마리가 정말 컸다. 까마귀나 까치랑 비교할 급이 아니고 거의 푸들 한 마리만 했다. 눈이 멀리서도 매섭게 보인다. 괭이갈매기인가 싶어 찾아보니 목에 회색 점들이 있는 것으로 봐서 철새인 재갈매기 같다. 재갈매기는 겨울에만 우리나라로 오는 철새다. 국립생물자원관에서 연구한 결과에 따르면 재갈매기는 겨울을 한국의 동해에서 보내고 5월부터는 번식지인 러시아 최북단으로 이동한다고 한다. 재갈매기뿐 아니라 많은 철새들이 봄부터 여름까지 북극이나 툰드라에서 짝짓기를 하고 새끼를 기른다고. 그 추운 곳에서 굳이? 하는 생각이 든다. 하지만 북극 지방도 늘 춥지 않고 봄이 있는데, 이 시기에는 열매며 곤충 같은 먹이가 아주 많고 반면 천적이나 경쟁자가 적어 그야말로 기회의 땅이라고 한다. 다음에 재갈매기를 보면 북극까지 다녀온 대단한 녀석이라는 생각이 들 것 같다.

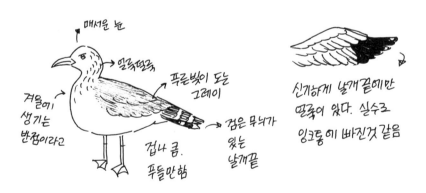

매서운 눈

얼룩덜룩

푸른빛이 도는 그레이

겨울에 생기는 반점이라고

겁나 큼.
푸들만함

검은 무늬가 있는 날개끝

신기하게 날개끝에만 얼룩이 있다. 실수로 잉크통에 빠진것 같음

12월 5일 오후 10시	장소	집
날씨 춥다 온도	2 / -7℃	기분 추워!

바라클라바

후리스

따뜻한 물

기모추리닝

털슬리퍼

너무 추워서
모든 대비책을
다 꺼냈다.

이마트에서 6천원
주고 산 트라이 내복

(이렇게 좋은 것이?)

책상 앞에서 손 시려울때
쓰려고 갖다놓은 장갑

항상 물 틀어놓기

책상 밑에 두는
방한장치

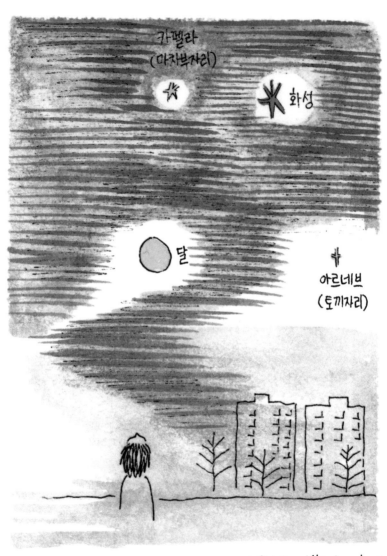

1210 빛나는 화성

빛나는 화성

집에 돌아가다가 본 달이 너무 예뻐서 옥상에 올라갔다. 동쪽 하늘에 뜬 달은 한쪽이 찌그러졌는데도 굉장히 밝았고, 그 위에 오렌지색으로 빛나는 엄청나게 밝은 별이 있었다!

별자리를 알려주는 '나이트 스카이' 앱으로 하늘을 보니 역시 화성이었다. 아이폰 천체 바탕화면에서(11월 15일 참조) 지금 화성, 목성의 거리가 지구와 가까운 시기라더니 역시 그렇다. 그림에 그리지 않았지만 내 옆쪽으로는 목성도 떠 있었다. 목성은 선명한 백색이다. 지구에서 화성과 목성을 눈으로 자주 볼 수 있다는 것도 얼마 전에 알았다. 왜 이렇게 아는 게 없지? 하늘은 늘 머리 위에 있는데.

몇 년 전까지만 해도 밤하늘에 빛나는 별은 다 인공위성인 줄 알았다. 사람들이 흔히 그렇게 말하기 때문이다. 하지만 사실이 아니다. 인공위성은 지구 주위를 매우 빨리 돌기 때문에 맨눈으로 보기가 쉽지 않다고 한다. 밤하늘의 별은 모두 진짜 천체다. 사람들이 알지도 못하고 한 말 때문에 "에이, 도시에 별이 어딨어, 위성이겠지" 하면서 제대로 보지 않았던 시간들이 억울하다. 이제부터라도 조금씩 알아가면 60살 정도에는 별도 잘 알게 되겠지?

1213 많은 눈

많은 눈

밤새 눈이 펑펑 내렸다! 집 앞 바위산이 하얗게 변했다. 어린이 같
았으면 벌써 밖으로 뛰쳐나갔을 텐데 나가기는 귀찮다. 베란다 창
문을 열고 난간에 쌓인 눈을 만져봤다. 생각보다 아주 가볍고 포슬
포슬했다. 드디어 키티 눈 집게를 써볼 수 있겠구나 하면서 난간에
쌓인 눈을 삭삭 모았다. 하지만 눈이 너무 가벼워서 그런지 아직
기술이 부족해서 그런지 그냥 반으로 갈라질 뿐 아무것도 안 만들
어진다. 역시 집 안에서 안일하게 만들어보려 한 것이 건방진 거다.

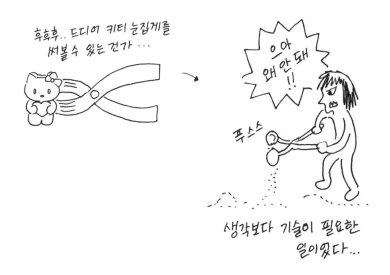

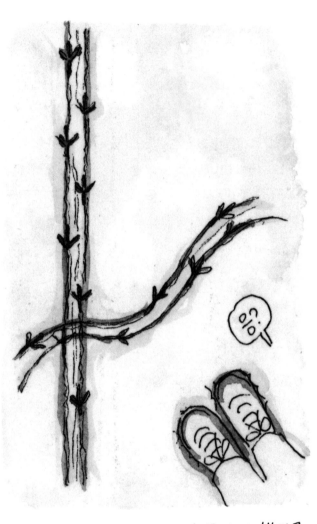

1215 누군가의 발자국

눈 위의 발자국

온 세상이 하얗게 변했다. 집 앞 나무들에 눈이 얼마나 쌓였는지 가지가 휘어질 정도다. 춥지만 눈을 보러 밖에 나와 걸었다.

월드컵경기장 주차장에서 신기한 새 발자국을 봤다. 보통 새 발자국은 눈 위에 폭폭 찍히는데, 이건 뭔가 질질 끌린 자국이 같이 있었다. 눈 위에 찍힌 철조망 자국 같기도 하고, 누군가 새 발자국 위로 줄을 몇 개 그어놓은 것 같기도 하다. 혹시 꼬리가 긴 까치의 발자국일까? 까치는 멋 부린 꼬리가 너무 길어 가끔 땅에 끌리는 모습을 봤다.(그래서인지 꼬리깃털이 다 닳아버린 까치도 보인다.) 비슷한 덩치지만 비둘기 꼬리깃은 짧아서 바닥에 끌리지 않는다.

눈 위의 새 발자국에서 바쁘게 걸어다니는 광경이 보이는 것 같다. 뭔가 규칙이 있진 않다. 그냥 여기저기 마구 돌아다니고 있다. 마치 오늘의 내 모습처럼 말이다.

엄지손가락보다 작다

12.21 폭설

↖ 상상 속 모습

폭설

눈이 엄청나게 온다. 밖에선 끝없이 삭삭 눈을 쓰는 소리가 들린다. 서울 올라오기 전 포항에 살 때는 일 년에 눈 한 번 보는 것이 소원일 정도로 눈이 안 왔는데, 서울 와서는 지겹도록 눈을 본다. 그래도 겨울은 눈이 와야 제맛이다. 눈이 오지 않아도 추운 것은 매한가지인데 눈이 없으면 겨울 풍경이 너무 삭막하다. 눈의 아름다움이 겨울을 좀 덜 지긋지긋하게 해준다.

까치의 눈목욕

집 근처 경로당에서 마당에 호박씨를 버렸는지 까치가 엄청나게 몰려들었다. 그러고 보니 7월에 동네 할머니가 호박잎 따는 것을 봤었는데 벌써 시간이 그렇게 흘렀나?

　까치는 집단생활을 하지 않는다고 알고 있었는데 그건 결혼한 까치 한정이었다. 결혼을 안 한 비혼 까치들은 자기들끼리 무리를 이뤄 몰려다닌다고 한다. 까치가 결혼을 하려면 무조건 새 둥지가 있어야 하고, 축구장 세 배 크기의 영역이 있어야 새끼를 먹여 살릴 수 있다 보니 요즘은 까치들도 결혼을 못 하는 일이 많다고.

　눈 쌓인 경로당 옥상에서 까치들이 깡충깡충 뛰어다니고 있다. 발이 빠져 걷기 힘든지 평소보다 점프가 높다. 눈 위로 걸으니 며칠 전 본 발자국에서 유추한 것처럼 꼬리가 눈에 질질 끌린다. 심지어 둥지에 앉는 것처럼 눈 위에 앉은 까치는 날개를 파닥거리고 몸을 부르르 떨면서 눈 목욕까지 한다. 눈을 머리부터 끼얹고 몸을 움직이며 털어낸다. 한두 마리만 하는 것이 아니라 정말 전부 다 하고 있다. 저래서 까치는 언제 봐도 반드르르하고 깨끗한 느낌인가 보다.

1226
까치의 눈목욕

12월 15일에 본
발자국은 까치 것이
맞다!
진짜 눈 위에서
꼬리깃이
끌린다.

질질

그래선가?
꼬리깃이 닳은
까지들
많았던 거 같음.

꼬질

까치도 눈을 좋아하나?
평소보다 신나 보인다.
심지어 눈 위에서
목욕도 한다!

인간
ver

꼬질
꼬질

이푹

물 끼얹는것처럼 눈을 온몸에
끼얹고 털어내고 있다.   신기

푸드득

푸드득

파닥   파닥

한마리만 하는 게 아니라
잔짜 모두가 다 함!

눈 위에 앉아서 부르르 떨면서
머리부터 눈에 박은 다음
날개 파닥파닥 하면서
눈 끼얹고 털어내는 거 반복.

개-운

1227 단비의 그림자

단비의 그림자

단비의 새로운 거처 근처에 갔는데 단비가 없었다. 그런데 갑자기 밑에 있는 언덕에서 엄청 반가운 "웨옹!!" 소리가 들렸다. 밑을 보니 단비가 언덕 밑에서 보고 나를 부른 거였다! 단비는 고양이답게 1미터도 넘는 바위를 한번에 뛰어넘어 천천히 내게 걸어왔다. 내 앞까지 와서는 한번 더 "웨오옹!!" 하고 울었다. 한 번도 뭘 준 적도 없는데 이렇게 반겨주다니.

한참을 쓰다듬어 주자 충분한지 사람들이 놔둔 밥그릇에 가서 사료를 오도독 씹어 먹는다. 적당히 먹은 뒤 또 와서 다리 사이를 빙빙 돌며 머리를 비빈다.

20분쯤 지나 집에 가려는데 섭섭한지 계속 웨옹웨옹 하고 운다. 저렇게 정이 많아서 어쩌나. 언덕을 내려가는데 마음이 안 좋아 계속 뒤를 돌아보게 된다. 오후의 햇빛이 단비를 비추고, 울타리에 단비의 그림자가 선명하게 보인다. 단비는 마치 자신의 그림자를 관찰하고 있는 것처럼 보였다. 새해 복 많이 받아, 단비.

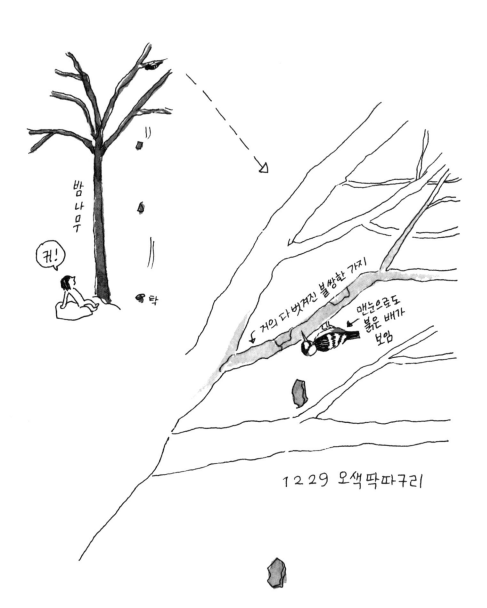

오색딱따구리

너무 추워서 나갈 기분은 아니었지만 산책을 하러 꾸역꾸역 집을 나섰다. 일 년 동안 거의 매일 산책을 했더니 안 나가면 답답하다. 신사근린공원의 인적 드문 곳을 걷고 있는데 위에서 나무 껍질이 툭 하고 떨어졌다. 이윽고 또 하나가 떨어지고, 잠시 후 또 하나가 떨어졌다. 대체 무슨 일인가 싶어 나무 밑으로 가서 올려다보니 큰 나무의 높은 가지 끝에 오색딱따구리가 보였다!

엄청나게 크다. 20미터는 족히 위에 있는데도 무늬와 빨간 모자가 선명하게 보였다. 딱따구리가 뭔가를 먹으려 나무를 쪼아대서 나무 껍질 조각이 계속 떨어진 것이었다. 아니면 일부러 나무 껍질을 벗기는 것일 수도 있다. 가끔 보면 위쪽 가지의 껍질이 다 벗겨진 나무들이 있었는데, 이놈들의 행각이었나! 오색딱따구리는 사람으로선 생각도 할 수 없는 자세로 공중에 거꾸로 매달려 꼼꼼히 나무를 쪼았다.

봄에 공원에 가면 "두두두두두두—" 하는 드릴 소리 같은 것이 들리는데 딱따구리 수컷이 나무에 대고 부리를 찧으며 영역 과시를 하는 소리다. 딱따구리가 벌레를 먹을 때는 원래 그런 소리를 내는 줄 알았는데 봄이 아니라서 그런가(암컷이라서 그럴 수도 있고) 이름처럼 '딱딱' 소리는 일절 내지 않고 아주 조용히 효율적으로 벌레를 충분히 먹은 뒤 저 멀리 날아갔다.

1231
모르는 열매와
나무

모르는 열매와 나무

올해의 마지막 날이다. 점심 먹고 밖에 잠깐 걸으러 나왔다. 오래된 빌라와 주택들이 있는 골목을 한참 걷다 보니 신축 아파트 단지가 나타났다. 거리는 깨끗하고 아무것도 없었다. 왠지 허락되지 않은 곳에 들어온 기분이다.

　도로 가에 심은 낮은 관목들 사이에 처음 보는 열매가 있었다. 가로수용 관목 중에 빨간 열매가 달리는 나무는 많은데, 보통 잎자루가 튀어나와 열매가 달랑달랑거린다. 그런데 이 나무의 열매는 나무에서 바로 돋아난 것처럼 가지에 딱 붙어 있다. 처음 보는 모습이다. 마치 크리스마스 장식 같은 게 무척 예쁘다.

　한때는 자연에 있는 동식물들의 이름을 내가 꼭 알아야 하나 생각한 적도 있다. 그들은 그냥 살아갈 뿐인데 인간이 인위로 붙인 이름이 아닌가? 그런데 이제 안다. 이름을 붙이고 이름을 아는 것은 그것에 대해 알아가겠다는, 기록하고 관찰하겠다는 뜻이다. 그래서 하찮은 풀 하나도 어떻게 살아가는지 알아내겠다는.

　아직 이 나무의 이름은 모른다. 하지만 언젠가 알아낼 것이다. 올해의 마지막 날에 새로운 나무를 또 만났다는 사실이 즐겁다.

이다의 자연 관찰 일기 에필로그

클레어 워커 레슬리,
찰스 E.로스의
「자연관찰일기」

중고서점에서 우연히
이 책을 발견하고

두근

나도 쓸 테다..
그릴 테다..
자연 관찰일기...

몇 년을 벼르다 드디어
올해 시작했던 자연 관찰일기

쓰기 전 교만
오만
설레발

1년을 자연 관찰 일기를
쓰면... 완전 자연 척척박사
되겠는데?

쓴 후

겸손

난 진짜.. 자연에 대해
아는 거 1도 없구나.

난 언제나 자연 속에서 살아가고 있는데,

달이 언제 차오르고
언제 기우는지

발밑의
풀들은 언제
돋아난건지

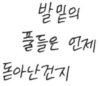

왜 물닭은 잠수를 하는지,
여전히 아는 게 하나도 없다.

나는 자연
알지도 못하는 놈

근데 희한하네

왜 그래서
더 좋지?

모르는게 너무 많다는 것.
알아갈 것이 무궁무진하다는 게
오히려 재미있다.

아마 평생을 자연관찰일기를 쓴대도
매번 모르는게 있을 거고
신기한 것이 있겠지.

불광천 집오리 삼남매는
여전히 잘 지내고 있다.

셋이 1m이상
안 떨어짐.

← 한 녀석이
좀더 큼

재네
왜 저래

꽥꽥
꽥

흰 오리

청둥오리
+집오리
믹스쳐컷

상류에는 새로운 집오리와
청둥집오리 커플이
나타나서
야생오리들을 괴롭히고
할매까지 쫓아냈다.
└→ 10.24일 참조

할매는 원래 구역에서 30m 정도
떨어진 곳에서 조용히
지내는 것으로 보인다.

터덜...

터덜..

왕의
추락..

단비도 젊은이에게
구역을 뺏겼지만
여전히 잘
살아가고 있다.

우리집 유령거미는 가스레인지까지
구역을 넓혀서 볼때마다
놀라게 만들고 있고

엄마한테 강제독립당한
새끼 백로도 벌써 엄청 자라서
혼자 사냥도 한다.

→ 책으로 나온 건
실제 기록의 10%

이외 책에 다 쓰지 못한
재밌는 이야기들도
언젠가 또 들려드릴
날도 있겠지...!

나의 주변은 결코 무료하지 않고
놀라움으로 가득 차 있다는 걸
알게 된 1년이었어...!

지금까지
이다의 자연 관찰 일기를
읽어주셔서
정말 감사드립니다.

자연 관찰
일기

FIN

단골식물

소나무

소나무 수꽃

봄이면 송화가루 솔솔 날림

소나무 잎은 바늘잎 2개가 모여서 난다.

은행나무

주목

주목열매

크리스마스 전구같음

은행잎

가을날의 지리 은행열매

회화나무

편백나무

회화나무 앞

회화나무 꽃

편백나무 잎

배롱나무

배롱나무 꽃이 바로 백일홍

배롱나무 수피

대왕참나무 (핀오크)

대왕참나무 잎

대왕참나무 그늘막

오동나무

오동나무 꽃

엄청 빨리 자란다

누리장나무

꽃핀 모습

누리장나무 열매

물푸레나무

물푸레나무 수피

수피가 신기하게 벗겨진다.

자작나무

자작나무 열매

자작나무 잎

흰 수피

봄에 피는 자작나무 수꽃. 꽃가루 장난 아님

단골 동물

강

청둥오리
수컷

청둥오리
암컷

수컷에 비해
수수하다

집오리

야생오리들에
비해 자주
꽥꽥
댐

크
다
!

원래
철새인데
점점 텃새로
변하고 있다는
청둥오리

흰뺨검둥오리

암수 겉모습이
똑같다. 흰 뺨이
특징이다

왜가리

중대백로와
사이즈 거의
똑같다.
몸은
회색이고
좀
꼬질
해
보임

땡기

오리새끼들은
3~6월에
주로 보인다

가마우지

잠수를 해서 물고기를
잡는 신기한 새

중대백로

물가에서
흔히 보이는
전신이 희고
큰 새

쇠백로

중대백로와
닮았으나
크기가 작고
흰 댕기가 있다.

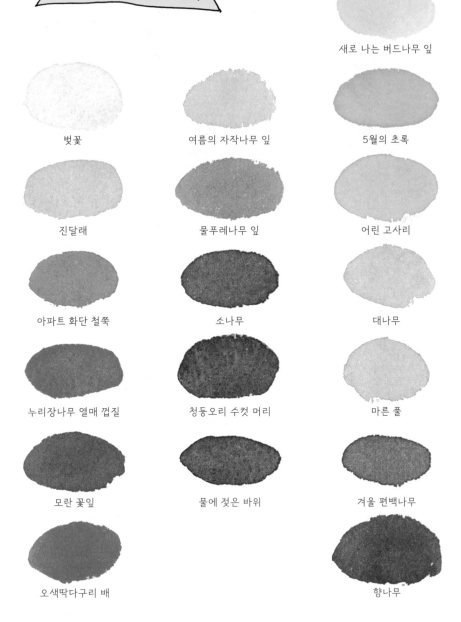

자연에서 만난 색

새로 나는 버드나무 잎

벚꽃

여름의 자작나무 잎

5월의 초록

진달래

물푸레나무 잎

어린 고사리

아파트 화단 철쭉

소나무

대나무

누리장나무 열매 껍질

청둥오리 수컷 머리

마른 풀

모란 꽃잎

물에 젖은 바위

겨울 편백나무

오색딱다구리 배

향나무

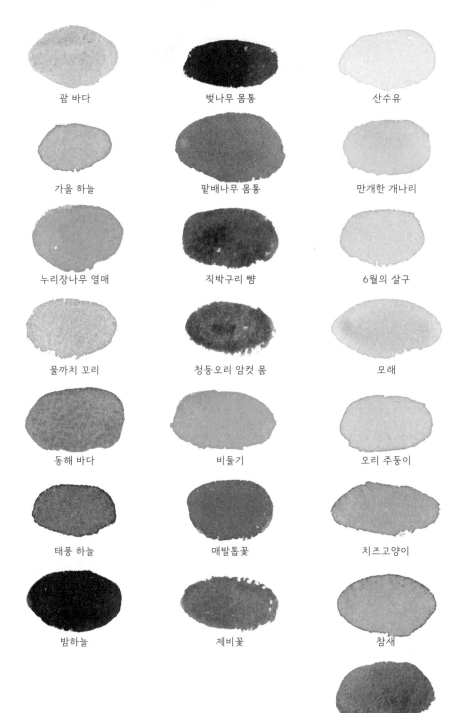

괌 바다

벚나무 몸통

산수유

가을 하늘

팥배나무 몸통

만개한 개나리

누리장나무 열매

직박구리 뺨

6월의 살구

물까치 꼬리

청둥오리 암컷 몸

모래

동해 바다

비둘기

오리 주둥이

태풍 하늘

매발톱꽃

치즈고양이

밤하늘

제비꽃

참새

젖은 흙

계절마다 변하는 것들

1월

- 베란다에 물이 늘 얼어 있다.
- 눈이 많이 온다.
- 집에서 후리스
  (안에 긴소매 1, 반소매 1)를
  입는다.
- 외출할 때는 롱패딩만 입는다.
- 베란다 수도가 얼어 터졌다.
- 마스크 안에 물이 많이 고인다.
- 바위 위의 눈이 녹지 않는다.

이것은 김밥인가
사람인가...

2월

- 해가 약-간 길어졌다.
- 조금 덜 춥다 싶다가 또 춥다.
- 롱패딩 말고
  다른 외투를 입은 때도 있다.
- 집에서 아이스크림을 먹었다.
- 털갈이 중인 고양이를 봤다.
- 새들 털이 쪘다.

춥워...

3월

- 바깥에 나갈 때 망설임이 줄었다.
- 롱패딩을 입지 않는다.
- 보일러 온도를 내렸다.
- 목련 봉오리가 터지기 직전.
- 산수유, 매화, 민들레, 진달래가 피었다.
- 꽃시장에 히아신스,
  튤립 같은 구근이 나온다.
- 땅에서 초록이 보이기 시작.
- 청둥오리 짝짓기를 봤다.
- 개구리알을 봤다.
- 나무 가지치기 하는 것을 봤다.

4월

- 여름 파자마를 꺼냈다.
- 빨래를 베란다에 널기 시작.
- 꽃가루가 날린다.
- 온 산이 연두색이 되었다.
- 멧비둘기 짝짓기를 봤다.
- 하루살이가 (잔뜩) 생겼다.
- 개나리, 살구꽃, 목련, 벚꽃, 제비꽃,
  사과꽃, 모란, 겹벚꽃,
  복사꽃, 매발톱,
  조팝나무꽃,
  철쭉이 피었다.

으아아!!
여기도 꽃 좀 천천히 펴라!!
저기도 꽃

5월

- 저녁 7시 반에도 밝다.
- 일교차가 심하다.
- 아카시아가 가득 피었다.
- 이팝나무 꽃, 장미, 창포, 보리,
  오동나무 꽃, 찔레, 해당화, 달맞이꽃,
  계란프라이꽃(개망초?).
- 오디 열매가 열렸다.(아직 초록)
- 매실이 열렸다.
- 밤에 소쩍새가 운다.
- 새로운 새소리가 들린다.
- 날벌레가 줄었다.

6월

- 해가 8시쯤 진다.
- 습도 오르기 시작, 장마, 에어컨 개시.
- 논에 모내기가 끝났다.
- 수레국화, 장미, 채송화, 나리,
  개망초, 수국, 산수국.
- 은행 열매 열리기 시작.
- 살구, 천도복숭아, 오디를 판다.
- 뻐꾸기가 운다.(오전)
- 모기 많아지고 각종 벌레 출현.
- 러브버그 창궐.

7월

- 새벽 5시인데 벌써 밝다.
- 아침부터 에어컨을 켜고, 잘 때도 켠다.
- 해가 있을 때
  돌아다니기 힘들다.
- 장마(천둥번개).
- 감 열매, 은행 열매가 맺혔다.
- 원추리, 무궁화, 회화나무 꽃, 호박꽃,
  주걱비비추, 배롱나무 꽃, 분꽃, 참나리.
- 잠자리와 매미, 매미의 허물을 봤다.

8월

- 해가 조금 짧아졌다.
- 물난리와 태풍이 지나갔다.
- 입추 지나니 야악간 덜 덥다.
- 무궁화, 배롱나무 꽃이 계속 피어 있다.
- 장미, 나팔꽃, 산수국, 주걱비비추,
  맥문동, 분꽃.
- 은행나무 일부에서 낙엽의 조짐.
- 제비꽃 열매, 회화나무 열매,
  가로수 사과나무 열매 열림.
- 매미 우는 중.(밤에도 운다)

9월

- 일교차가 커졌다.
- 하늘이 높아지고 청명해졌다.
- 에어컨을 껐다.(2달 만에)
- 따뜻한 음료를 마시기 시작했다.
- 상사화, 장미, 과꽃, 호박꽃, 민들레, 맥문동, 무궁화, 분꽃.
- 벼가 익어가고 사과가 열린다.
- 감나무의 감이 붉어진다.
- 은행나무 열매가 떨어진다.
- 매미가 사라지고 모기가 많아졌다.

이제 안 덥다!!

10월

- 밤에 전기담요를 켰다.
- 패딩 입는 사람이 보인다.
- 장미, 소국, 나팔꽃 등 생각보다 꽃이 많이 보인다.
- 모과, 돌사과, 산사나무 열매, 마가목 열매, 주목 열매.
- 갈대가 피어나고 낙엽이 떨어지기 시작했다.
- 나무들 채도가 낮아졌다.
- 논이 누렇게 되고 추수한 곳도 있다.
- 새의 깃털이 엄청 떨어져 있다.

11월

- 해가 매우 짧아졌다.(5시면 어두움)
- 0도까지 갑자기 떨어졌다.
- 아직도 장미, 국화, 민들레, 미나리꽃이 보인다.
- 열매가 많다. 산수유, 산사나무, 꽃사과나무 등.
- 은행 수거하는 그물이 생겼다.
- 나무들이 바사바삭해졌다.
- 잔디 색이 누렇게 변했다.
- 벌레가 줄어들었다.

12월

- 베란다의 물이 얼었다.
- 영하 10도 이하로 내려가는 날도 있다.
- 폭설이 왔다.
- 길에 쌓인 눈이 녹지 않는다.
- 내복을 위아래로 입는다.
- 이불 두 겹을 덮는다.
- 목련 겨울눈이 열렸다.
- 불광천에 백로, 왜가리 많아지고 알락오리 등장.

추워

찾아보기

동물

식물